◆秋光 司
Akimitsu Tsukasa
級友たちと共に異世界へ召喚された男子学生。級友から陥れられたことをきっかけに、現在は魔族たちの街エイギーユで自由傭兵として暮らす。今は廃れてしまった「印術」の恩寵を持つ。

◆松坂 美穂乃
Matsuzaka Mihono
司と共に異世界へ召喚された女子学生で、司の幼馴染。スポーツや格闘技を好む勝ち気な美少女で、同じクラスの柊恭弥とは恋人だった。「格闘士」の恩寵を持つ。双子の妹がいる。

ハブられルーン使いの
異世界冒険譚

著：黄金の黒山羊
イラスト：菊池政治

GCN文庫

CONTENTS

第一話　アラクニドの迷宮《ダンジョン》

（1）

「美穂乃《みほの》、もういいかな」

「…………」

「なあ、いつまでそうやって突っ立ってるつもりだよ」

「…………」

「……黙ってないで答えろよ。いい加減、先に行こうって言ってるんだけどさ」

「…………」

「美穂乃？」

　さっきから何度も呼びかけているにも拘《かか》わらず、松坂《まつざか》美穂乃は、僕――秋光司《あきみつかさ》の呼びかけを無視した。こいつと僕はクラスメイトで、それ以前に幼馴染《おさななじみ》だというのに、声に応じないどころかこっちを見ようともしなかった。

美穂乃の容姿は、百人に聞けば百人が美少女だと答えるほど恵まれている。嘘かホントか、街で芸能プロダクションのスカウトを受けたこともあるらしい。明るく物怖《ものお》じしない性格で、同性異性を問わず友人が多い。そのうえスタイルが良く、小さい頃から運動神経抜群だったから、よく色んな部の助っ人として駆り出されていた。

どんくさく、何をやらせてもいちいち要領が悪かった僕とは大違いだ。

美穂乃は唇を引き結んだ真剣な表情のまま、これから突入する予定の迷宮《ダンジョン》の入り口に目を向けている。僕には、まつげの長い横顔と、背中に届く長さのサラサラな髪しか見えない。

薄気味の悪い、異様に曲がりくねった木々と下草が生い茂った薄暗い森の中。苔《こけ》むした岩の隙間に隠れたような自然の洞穴。いまからここに突入し、ボスを倒して、とある報酬を獲得するのが僕らの目的だ。なのにパーティを組んでいるはずの美穂乃は、僕と二人きりなことに対する不機嫌さを隠そうともしていない。

僕らが身に着けているのは、まるでゲームかファンタジー小説の中に出てくる装備だ。しかしその品質は、僕と美穂乃とでは明らかに異なっている。美穂乃が誰が見ても高級だとわかる魔法の防具を装備しているのに対し、僕は、使い古された鞣《なめ》し革の鎧《よろい》を着て、安物の剣の鞘《さや》を腰のベルトに装着している。

「……はぁ」

聞こえよがしなため息をついたのは僕だった。

「そんな不機嫌そうに黙ってられたら、こっちもムカついてくるんだよな。ああ、それとも空気読めてないのは僕のほうか？　ひょっとして、帰ったほうがいいのかな」

わざわざ相手の感情を逆なでし、煽《あお》り立てるような陰険な口調だ。それに加えて、僕の声には、嘲《あざけ》る笑いが含まれている。この森の空気に相応《ふさわ》しいと言えばそうだが、もともと僕は誰かに向かってこういう態度をとるような人間じゃなかったはずだ。

でも、全ては変わってしまった。

僕と美穂乃の関係も、僕自身の性格も、元の世界にいた頃とは全てが変わった。

「別に僕は、連れてってくれなんて頼んでない。――志穂乃《しほの》を助けるために、僕に協力して欲しいって頼んできたのは、お前だろ？　もし一人で全部やりたいなら、好きにすればいいさ。はっきりそう言ってくれよ」

「………」

「なぁ、どうなんだよ」

「……うるさい」

ようやく美穂乃が発した声は、実に忌々《いまいま》しそうなものだった。

「集中してるの。お願いだから、黙ってて」

そう言うと、美穂乃は目をつぶり、大きく深呼吸した。

よくよく観察してみると、美穂乃の二重まぶたから伸びる長いまつげは細かく震えている。

呼吸もやや荒く、首筋に汗が浮き、指ぬきグローブを嵌《は》めた拳はやけにきつく握りしめられている。

不機嫌というより、極度の緊張に囚われていると言ったほうが適切だったようだ。

（なるほど……そうだよな）

僕は納得すると、さっきから美穂乃が見つめていた洞窟の暗闇を眺めた。

（そりゃ、怖いに決まってるよな）

美穂乃は僕なんかとは違う。情けない僕と比べてあらゆる意味で優れている。勇気のある彼女は恐怖とかいうものとは無縁だ——ずっとそう思っていた。しかし、そんなわけがない。いまこのとき、小さい頃から染みついていた思い込みというか、自分より遥《はる》かに優秀な幼馴染に対して僕が抱いていた幻想が、あっけなく崩れた気がした。

そして皮肉なことに、一度幻想が崩れると、前よりも美穂乃のことを理解できた気がした。

（この奥には、凶悪な魔物がうじゃうじゃいる。一回入ったら、生きて出られる保証なんてない。……そうだよな。わかるよ、美穂乃。怖いんだよな、お前も）

美穂乃はいま、本当は泣いて逃げ出してしまいたい心を、必死に抑え込もうとしている。

なんのことはない。こいつも普通に「女の子」なんだ。自分が傷つくのも、一つしかない命を失うのも怖いに決まっている。考えてみればそれは至極当たり前のことだった。

（……わかるよ、怖いよな）

理解と同時に、僕は美穂乃に同情する気分になった。

ここはゲームの中じゃない。死んだらそれで一巻の終わりだ。蘇《よみがえ》りもリセットもないのは、元の世界と全く同じだ。それなのに、美穂乃の傍《そば》には頼りになる仲間はおらず、僕みたいな「卑怯にも逃げ出したやつ」の手を借りなければいけないなんて、本当に哀れだと思う。心の底から同情する。

「……なんで笑ってるのよ」

「――ん？」

久々に向こうから声をかけられそちらを向くと、美穂乃の瞳が僕をにらみつけていた。この瞳に宿る強い輝きは昔のままだ。あの頃から何も変わっていない。しかしそれも、いまこの状況では単なる虚勢以上の意味を持たない。

「そうか？　笑ってたかな？」

「ええ。気持ち悪い顔でニヤニヤしてたわ」

「単なるお前の気のせいだろ」

「……入る前に、もう一度確認したいんだけど。約束は守ってくれるんでしょうね」

「約束？　……それってなんの話だっけ？」

「とぼけないで！　秋光くん、あなた私に言ったわよね。ここのボスを倒せば、志穂乃を助ける薬が手に入るって。それ、嘘じゃないわよね」

「──ははっ」

僕は今度はあからさまに笑った。すると美穂乃の視線がさらに険しくなった。

「いい加減しつこいな。人に何回同じこと言わせれば気が済むんだ？　それとも、そうしないと理解できないのか？　お前、そんなトロ臭いやつだったのかよ」

「──ッ！」

美穂乃の瞳に激情の炎が宿る。昔の僕なら、きっとそれだけで何も言えなくなっただろう。しかしいま、僕の心は自分でも驚くほど平静だった。

「僕は『手に入るかも』って言ったんだ。『もしかしたら』手に入るかもってね。絶対とか間違いなくなんて一言も言ってない。……だから、なんで僕をにらむんだ？　事実なんだから仕方ないだろ？　お前だって、それを承知の上で僕に案内を頼んだんじゃないのか？」

そう言いながら、僕はふと思い出した。アニメとかゲームとかに出てくる敵キャラが、現在の僕のような喋《しゃべ》り方をしていた。主人公やヒロインに意地の悪い嫌がらせをしてヘイトを買いまくるタイプの小物キャラだ。もちろんそういう敵はまず長生きできない。早々に惨めな死に方をして物語を退場するのが王道パターンだ。

しかし態度はどうであれ、僕が美穂乃に伝えた情報は全て事実だ。僕は一切嘘をついていないし、誇張もしていない。この洞穴の奥には、美穂乃の双子の妹である松坂志穂乃の病気を癒すことをできるアイテムが、あるかもしれないが、ないかもしれない。楽観的に見積もって、およそ半々くらいの可能性ってところだろうか。でもそれだって、他の手段で志穂乃を治そうとするよりは遥かに現実的な確率のはずだ。

確かにこの世界には、あらゆる病気や怪我《けが》に効く万能薬や、壊れた人体を冗談みたいに修復する回復魔法も存在する。しかしそれらはどれも、いまの僕や美穂乃の力量《レベル》と置かれている立場では手の届かないところにある。

美穂乃は僕を数分にらみ続けた挙句、顔を背《そむ》けた。ここで僕に理不尽な怒りをぶつけたところで、状況は何も変わらない。本当はこいつだって理解しているはずだ。――だが、それと僕のことが腹立たしいのは別らしく、とても忌々しそうに吐き捨てた。

「……足手まといにならないでよね」

「ああ、もちろん。お前のほうこそ、間抜けなミスしてこっちの足を引っ張らないでくれよな」

また僕が「余計な一言」を言うと、美穂乃はギリッと歯を噛《か》み締めた。

それから美穂乃は目を閉じて、肺に息を吸い込んだ。そして次に目が開かれたときには、気持ちを完全に切り替えたようだった。硬く握りしめられた彼女の拳は、もう震えていない。それを確認してから、僕は、油を沁《し》み込ませた松明《たいまつ》に火をつけた。

「行こう」

「ええ」

それを合図に、僕と美穂乃による、この世界における初めての迷宮《ダンジョン》攻略が幕を開けた。

天井から木の根が垂れ下がり、湿気を含んだ濃い色の土に、上も下も右も左も覆われた洞穴はさながら巨大なアリの巣のようだ。

僕が持つ松明だけが光源となっている暗闇の中で、美穂乃はつぶやいた。

「暗いわね……。それに、なんだかジメジメしてるし……」

「地面の下なんだから当たり前だろ。それより、ところどころ木の根っこが生えてたりするから、ちゃんと足元見て転ぶなよ」

「……ずいぶん慣れた感じじゃない」

「お陰様でね」

「なによそれ。……お陰様ってどういう意味？」

「別に」

相変わらず、美穂乃と僕の間を漂う空気はギスギスしている。中学の頃から疎遠になっていたとはいえ、この世界に来る以前は、会えば普通に話くらいはできたのに。

しかし時間を遡《さかのぼ》るのが不可能なのと同じように、僕らの関係も、僕の歪《ゆが》んでしまった性格も、二度ともとには戻らない。あの城から命からがら逃げ出してどうにか今日まで生き延びてきた僕は、その代償に色んなものを失った。その時間を共有していない美穂乃が、僕の考えを理解することなんてない。

険悪な空気のまま真っ暗闇の中をしばらく進むと、急に美穂乃が立ち止まって構えを取った。

「……来た！」

美穂乃は険しい表情で暗闇の奥をにらみつけている。そんな彼女の手に武器は何も握られていない。僕は美穂乃の背後の、少し離れたところに位置どった。美穂乃はそんな僕にチラッと視線を向けた。

「どうかしたか？」

「……何も」

「じゃあ、気合い入れて頑張ってくれよ。もし僕の助けが必要なら……——」

「いらないわ」

美穂乃が即答してからしばらくすると、何かがカサカサと這《は》い寄る音が聞こえてきた。かと思うと、その音はあっという間に僕らに迫った。そして暗闇から迫る未知の気配は、松明の光が届くギリギリまで近づくと、美穂乃に向かって勢いよく飛び掛かってきた。

「——ふっ！」

自分の喉笛を狙う「それ」の横っ面に、美穂乃は実に見事なハイキックを合わせていた。その瞬間、バキャッと硬いモノが砕ける音がして、洞窟の壁面に何かがぶつかった。長い脚を使い、まるでムエタイ選手のようなしなる蹴りを披露した美穂乃は、蹴り脚を下ろすと改めて敵の姿を確認し、嫌悪に満ちたしかめっ面になった。

「うっ……。何これ……なんなの、この気持ち悪いやつ」

「アラクニドだよ。このへんによく出る魔物だ」

蜘蛛《くも》とエイリアンを混ぜたような醜悪《しゅうあく》なモンスターが、美穂乃の蹴りで壁にめり込み、緑色の体液を撒き散らして死んでいる。数秒後、その死骸がねちゃっという音を立てて壁から離れ、地面に落ちた。

「っ……！」

美穂乃が息を呑《の》んで身体《からだ》を強張《こわば》らせた。僕が見ていなければ、こいつは小さく悲鳴を上げていたかもしれない。肩にトンボがとまっただけでも大騒ぎするくらい虫が苦手なくせに、我慢したのは大したものだ。

「やるじゃないか」

「……嫌味のつもり？　こんなモンスターくらいで、私が弱音を吐くとでも思った？　ふんっ、だったら残念だったわね。妹を助けるためなんだからこれくらい――」

美穂乃は後ろ髪をかき上げて平静を装っている。僕の前で弱気を晒《さら》すのが、よほど嫌なようだ。

しかし、動揺は隠せない。やたら口数が多いうえに、早口になっているのがいい証拠だ。

それはそうと――

（やっぱり、美穂乃は体術系の恩寵《ギフト》持ちか）

いましがたこいつが見せた身体能力は、そうでなければあり得ない。

この世界に生きる者は誰でも、神様から特別な贈り物が与えられる。——それが本当に神様がくれたものなのかは知らない。でも、僕らを召喚した連中はそう言っていた。

そして「異世界」から召喚された者たちに与えられる恩寵《ギフト》は、種類や質が特別なケースが多いのだという。だからこそ「敵」に対抗するために、異世界の勇者の力を求めた。——これも全部、あの召喚の間で、あのお姫様が語ったことだ。

（なるほど、その装備も格闘戦用ってわけか）

拳を保護するグローブと、手足の動きを妨げない軽装。何より武器をナイフ一本持っていない。そんな美穂乃の恩寵《ギフト》が、身体能力を強化し、魔物とも素手で戦える体術の力だというのは、さっきの戦闘で見せてもらった。美穂乃の戦闘手段が格闘なら、こういう狭い場所ではリーチの長い武器よりも有利だろう。

それにしても格闘とは、「らしい」と言えば美穂乃らしい。こいつは小さい頃から格闘技全般が好きで、普段ゲームはやらないくせに格ゲーだけは僕より上手《うま》く、空手道場やキックボクシングのジムにも通っていた。

「……何？　人のことジロジロ見ないでよね」

そんなことを言われた僕は、美穂乃から顔を逸《そ》らして迷宮《ダンジョン》の奥に目を向けた。

「え？」

美穂乃もつられてそっちを向いた。

暗闇の奥で妙な気配が蠢《うごめ》いていることに、こいつも気付いたようだ。

「なんの音？　なんか、ザワザワって……」

「ああ、別にたいしたことないさ」

僕らが言葉を交わしているこの瞬間にも、気配はどんどん増殖しながらこちらに近づいてくる。僕は、このガサガサと耳障りに殺到してくる音の正体を、美穂乃に教えてやった。

「巣にいる他のアラクニドが、お前を食い殺すために集まってきたんだよ」

「え……？」

「とにかく数が多いんだよ、アラクニドは。一匹一匹は雑魚《ざこ》だけど、一つの巣に最低でも数百匹は棲《す》んでるんだ」

僕がゆっくりした口調で魔物の生態について語るあいだ、美穂乃の視線は、さっき倒したアラクニドの死骸や洞窟の奥の暗闇を行ったり来たりしていた。

「………」

「それに、ほら」

僕があごをしゃくると、美穂乃は自分の足元を見た。

脚甲を中心に、せっかくの高級な装備に、魔物の粘着質な緑色の体液が付着していた。それは一種の特殊なフェロモンを出していて、群れの仲間を殺した敵の存在を他のアラクニドに教える役割を果たす。

しかもこの種類の蟲《むし》型の魔物は、群れの中の一匹が倒された程度でひるみはしない。自分たちより大きく手強い敵が相手だとしても、次々と飛び掛かって鋭い牙でかじりつき、包み込んで倒す。アラクニドに群がられた生物が、悶《もだ》え苦しみながらもどうにもできず、最終的に食われた身体が砂みたいに崩れていくときの光景は、筆舌に尽くしがたいグロテスクさだ。実際それを二度ほど見た経験がある僕は、美穂乃にその様子を克明に語ってやった。

そうすることで、僕は改めて美穂乃に思い出させた。この世界で魔物と戦って敗北するということは、すなわち死ぬということなのだと。しかもその死に方は例外なく、辛《つら》く、苦しく、救いようのないものなのだと。

呆然《ぼうぜん》と暗闇の奥に目をやった美穂乃の横顔に、僕は問いかけた。

「なあ美穂乃。本当に逃げなくていいのか？　いまならまだ、全力で逃げたら間に合うかもしれないぞ？　あいつらに食われた人間は、肉や骨はもちろん、髪の毛一本、血の一滴だって残らない。全部綺麗にあいつらの腹の中だ。本当にそんな終わり方でいいのかよ」

美穂乃の肩がビクッと震え、僕は薄笑いを浮かべた。

「ああ、答えなくてもわかってる。もちろんお前は逃げたりしないさ。――だろ？」

「っ……」

「何しろお前は、僕みたいな臆病者とは違うもんな？」

僕はいつか美穂乃に言われた台詞《せりふ》を、ここぞとばかりに返してやった。そして美穂乃の戦いの邪魔をしないよう、自分は引き下がった。

「じゃあ、せいぜい殺されないように頑張って戦ってくれよな。……ああそうだ。これから湧いてくるやつらは、さっきお前が殺したみたいな斥候じゃなくて、たぶんちゃんとした兵隊だ。一撃じゃ倒せないかもしれないから気を付けろよ」

まるっきり他人事《ひとごと》な言いぐさだが、美穂乃から助けを求められない限り、僕は戦闘そのものに手は出さないことになっている。僕の役目は案内だけ。最初からそういう契約だ。

そんな僕が巻き添えを食わないように距離を取ると、美穂乃はギリッと歯を食いしばり、表情を引き締めた。

「……馬鹿にするのも、いい加減にしてよね」

そして美穂乃は、しっかりと足を踏みしめ迎撃の構えを取ると、暗闇の奥に向かって吠《ほ》えた。

「やれるもんなら、やってみろっていうのよ！」

それと同時に、美穂乃の前方から怒り狂った群れの気配が殺到してきた。

そして――。

「つはぁ、はぁ、はぁ、はぁ……」

「いまのでラストか。お疲れ様、美穂乃」

「ぐっ……」

膝に手を置いて激しく呼吸を乱していた美穂乃が、手の甲で口元を拭った。

アラクニドの群れと戦った美穂乃は、数百は言いすぎにしても、独力で百匹以上の敵を倒した。実戦慣れしていないはずの人間が初めてアラクニドの群れと戦って、これだけやれるのは驚異的だ。それが可能なのは、美穂乃が僕より遥かに優れたセンスを持っているからだろう。

（でも……）

僕は美穂乃の様子を眺めた。

（戦闘時間は三十分くらいか）

この戦いに美穂乃は勝利し、生き残った。しかし体力の消耗は避けられない。

周囲の壁や地面は、大量の蟲の死骸で惨憺《さんたん》たる有様になっている。脂っ気の多い体液が美穂乃の顔や体中にまとわりつき、せっかくの綺麗な長い髪もドロドロになっている。潰れた内臓からはみ出た内容物の臭《にお》いで、嗅覚もとっくに麻痺しているだろう。そしてそれらを気にする余裕もないくらい、美穂乃は疲労困憊《こんぱい》していた。

「ぜっ、はぁっ、はぁっ、はぁっ、はぁ……」

襲撃はいったん止《や》んだが、またすぐ次が来るだろう。そしていつか、美穂乃の体力に限界が訪れる。そうすれば、僕らは殺到する群れの中に呑み込まれ、この世界で「無かったこと」になる。もたもたしている猶予はない。そうなる前に洞窟の最奥までたどり着き、群れのボスを倒す必要がある。

足を進めた僕の背中を、美穂乃の声が追いかけてきた。

「ま、待って」

「…………」

「待って、置いてかないで。お願い秋光くん」

美穂乃が僕の名前を呼んだ瞬間、僕は足を止めていた。

まるで昔と立場が逆だ。男のくせに泣き虫の僕は、美穂乃と、そして「あいつ」の背中をいつも追いかけていた。――けど僕はもうあのときとは違う。こいつが知ってる秋光司は、もうとっくに居なくなった。美穂乃がそうであるように、既に僕もこいつのことを幼馴染だとは思っていない。――いや、仮に思っていたとしても、それはこの世界で生きて行くためには邪魔な感情に過ぎなかった。

だから僕は、美穂乃を見下ろしながら、あえて冷たい声で言い放った。

「さっさとしろよ」

（2）

「……ねぇ秋光くん。あれがここのボス？」

美穂乃はギリギリまで声を低く潜めている。僕らは洞窟の岩陰に隠れ、目を凝らし、奥の暗闇の中にぼんやりと浮かび上がる魔物の輪郭を、どうにか捉えようとしている。

そこにいるのは、ここに来るまで遭遇した小型のアラクニドを、何倍も大きく凶悪にした怪物だ。その体高は、美穂乃や僕の身長を優に超えているだろう。

その化け物がいるさらに奥の洞窟の行き止まりには、壁や地面、天井に至るまで、無数の卵が産み付けられている。黄色と緑色をグロテスクに配色し、そこにネバつく白い粘液をまとわせたような魔物の卵のうがビッシリ並んでいる様子は、できれば直視したくないものだった。

「ああ、そうだな。……良かったじゃないか。まずは条件クリアだ」

「なんの話？」

「もしここが女王のいない巣だったら、その時点で志穂乃はゲームオーバーだったってことさ」

これがゲームじゃないことは百も承知で、僕はそういう表現を使った。

「あの女王の死骸から採れる体液が、お前の欲しがってた薬の材料だ。あとはそれを持ち帰れば、薬を調合してもらえる。……お前があの化け物を倒せたらの話だけどな」

「………」

「怖気《おじけ》づいたんなら、やっぱり引き返すか？」

優しく慰めるより、少しくらい挑発したほうが、こいつはあとに引けなくなる性格をしている。そして思った通り美穂乃はムキになった。

「ここまで来て、そんなことできるわけないでしょ」

「だったら頑張れよ。僕はここで応援してるから。……どうしたんだよその顔。なんだかんだボスとの戦いのときは、僕が手伝ってくれるって期待してたんだろ？　ははは、だったら残念だったな。そんなの御免だよ。お前や志穂乃の命のために、どうして僕がそこまでしなきゃいけないんだ？」

そのとき僕は、さりげなく美穂乃の肩に手を置いた。美穂乃は僕の馴《な》れ馴れしい態度を忌々しく思ったようだが、同時に振り払うことすら煩わしかったらしい。憎しみの籠った目で僕をにらみつけただけで留《とど》まった。

「……最低ね」

そう吐き捨てた美穂乃は、立ち上がると前進を開始した。卵を守るアラクニドの女王は、寝ていたように見えたが、すぐに美穂乃の姿に気付くと立ち上がった。ただでさえデカい魔物が八本脚を展開すると、さらに大きくなったように見えた。

複眼で美穂乃をにらんだ魔物は、発達したあごをガチガチと鳴らし威嚇を開始した。

「ッ……」

美穂乃は一瞬ひるんだが退かなかった。あれを前に顔を上げて前進を続けられるのは、美穂乃に勇気がある証拠なのだろう。でもその勇気は同時に、無謀と呼ばれるものと紙一重だった。いちいちよく考えなくてもわかる。あの女王はさっきまでの雑魚とは力量《レベル》が違う。確かに美穂乃は、魔物との戦闘経験が少ない割に決して弱くない。それでも万全の状態で戦って辛うじて勝てるかどうかというところだろう。——しかも道中の戦いで、あいつはかなり消耗している。

ここまでの戦闘で見てきた限り、体術使いの美穂乃は、遠距離から敵の不意を打てる技能《スキル》を所持していない。女王の周囲は上も横もかなり開けた障害物のない空洞だ。総合的に判断して、美穂乃がとれる唯一の戦法は、真正面からあれと殴り合うことだけだ。しかし美穂乃はひるむことなく、相手に向かって近づいていく。

そんな美穂乃の背中を見て、僕の心が動いたかと言えばそうでもなかった。

なぜならあいつは、妹の志穂乃を救うために命をかける気になっても、あのときの僕の訴えに耳を貸してはくれなかったからだ。それで僕がどんな目に遭ったか、あいつは全く知りもしないし興味もないだろう。それどころか再会したとき、あいつは僕のことを既に死んだ人間だと思っていたのだ。そんな薄情な「幼馴染」を——少なくとも無償で助けてやる義理なんて僕にはない。

　その事情を抜きにしても、そういうときに手を貸すお人好《ひとよ》しから先に死んでいくのがこの世界なのだと、痛いほど身に染みてわかっている。

　僕はここまでの案内は引き受けたが、それは美穂乃が僕に対価を払ったからだ。しかしあいつはそれで無一文になった。僕がこの戦いに手を貸すとしたら、あいつは追加で何かを支払う必要がある。――そうせずに死ぬというなら、それはあいつの選択だ。

　魔物の前に立った美穂乃は、改めて地面を踏みしめ拳を握り直した。そして美穂乃は魔物に向かって啖呵《たんか》を切った。

「あなたには悪いけど、妹のためなの。行くわよ！」

　かと思うと、美穂乃は地面を蹴り、目にも留まらない瞬発力で敵の懐に潜り込んだ。

　あいつが繰り出した拳による初撃は、確かに速く重かった。それは雑魚相手なら一発で身体に風穴を開けることだって可能だろう。長期戦は不利と見て、美穂乃なりに一瞬で片を付けようと考えたのだ。

　しかしその一撃は、鋭利な刃《は》のような魔物の前脚によって無慈悲にガードされた。ガキンという、美穂乃のグローブの金属部と魔物の前脚が触れ合った際の硬質な音が、僕のいるところまで響いた。反撃に繰り出された他の脚による薙《な》ぎ払いを、美穂乃はとっさに回避した。

「ぐっっ！　――こんのぉっ！」

風を切って縦横に振るわれる脚と噛みついてくるあごを躱《かわ》しつつ、美穂乃は魔物に拳や蹴りをお見舞いしようとしている。しかし魔物のほうも、その巨体に見合わない俊敏な動作でそれを回避し、八本脚を自在に使って、人間では思いもつかない角度から美穂乃を攻撃していた。

あの攻撃を一発でもまともにもらった瞬間、美穂乃の人生は終わる。あの鋭い刃で四肢の一部を切断されるか、壁か床に吹っ飛ばされるかして身動きが取れなくなったところを、生前の容姿がわからないくらいぐちゃぐちゃのバラバラにされる。せっかくこんなところにまで来たのに、双子の妹の命を救うこともできず、この世界で無意味に死ぬのだ。

「はぁっ、はぁっ、はぁっ。——くっ」

美穂乃は歯を食いしばり、魔物との必死の攻防を続けている。しかし動きは見るからに鈍くなってきている。敵の攻撃が掠《かす》めることも増えた。あれでは時間の問題だろう。

つまらない意地なんか張るからこうなるんだ。

僕は、美穂乃と魔物が戦いに夢中になっているのを横目に、腰のベルトから剣の鞘を外した。そしてその先端に魔力を籠め、地面に「印《しるし》」を刻み始めた。

「きゃあっ!?」

やがて、美穂乃の悲鳴が、暗闇の中に響いた。

見ると、魔物の前脚による薙ぎ払いが美穂乃の胴体にクリーンヒットしていた。不幸中の幸いか、命中したのは刃ではなく「みね」にあたる部分だったが、美穂乃の身体は大型トラックに撥《は》ねられでもしたみたいに、軽々と弧を描いて飛んだ。

「――うぐうっ!?」

そして美穂乃は、二、三回地面をバウンドしながら洞窟の壁に叩《たた》きつけられた。普通なら間違いなく死ぬ勢いだったが、辛うじて生きている様子なのは上質な装備のお陰か。それともあれも格闘系の技能《スキル》の恩恵なのだろうか。

「が……はっ」

美穂乃が叩きつけられた壁を中心に、もうもうと土埃《つちぼこり》が舞い上がっている。天井から落ちた石ころが、あいつの背中や地面に当たってパラパラと音を立てた。美穂乃はすぐに立ち上がろうとした。しかし身体が言うことを聞かなかったようだ。

「ぐう……」

苦痛に顔を歪めた美穂乃は、その場に跪《ひざまず》くように丸まってしまった。――そんな美穂乃の頭上に、前脚を高々と振り上げた女王アラクニドの影がかかった。

「――ぐふっ!?」

また直撃だ。

美穂乃は今度は、足元の地面にうつ伏せに叩きつけられた。アラクニドが、またしても刃ではない部分であいつを攻撃したのは、同朋を殺しまくった敵に対する腹いせをしたいという気持ちが、魔物にも存在するからだろうか。

「っ……ぁ……」

美穂乃の身体はぴくりとも動かなくなった。魔物はそれを、じっくりとあごを鳴らしながら観察している。

このままだと美穂乃は死ぬ。そしてあいつの死体は、洞窟の奥に植え付けられた魔物の卵が成長するための重要な栄養源になるだろう。

それでもやっぱり、僕は手を出さなかった。

「ぐう……」

うつ伏せに倒れていた美穂乃が小さく呻《うめ》き、その指がぴくりと動いた。

「つ、司……」

か細い声が、僕を呼んだ。

どうにか頭を上げた美穂乃は、やっとやっと僕のほうに手を伸ばした。

「なんだよ。いまさら助けて欲しいのか？　ははは、お前って本当に虫のいいやつだよな」

僕は左手で剣の鞘を払い、右手に松明を掲げて美穂乃と魔物のほうに進み出た。女王アラクニドが、美穂乃にとどめを刺すのを中断し僕のほうに注意を向けた。僕は魔物を無視し、美穂乃だけを見ていた。

「……助けてやってもいいけど、代わりに何をくれるんだ？　何も持ってないくせに、お前が僕に払える報酬があるのか？」

「っ……」

「それでも助けて欲しいなら、ちゃんと言えよ」

「……え？」

美穂乃はしばらく僕の言葉の意味を考えていた。しばらくと言っても実際にはほんの短い時間だったのかもしれないが、それでも美穂乃なりに考えて結論を出した。

「お、おねがい、たすけて……。お願いだから……。こんなところで死にたくないの……」

そのとき自分がどういう表情をしていたのか、僕自身もわからない。

「自分が言った言葉、忘れるなよ美穂乃」

それでも僕は、アラクニドの女王に近寄った。

魔物は僕が敵対の意志を示したと判断し、美穂乃を後回しにした。身体を完全にこちらに向けて、僕に対する威嚇を始めた。僕は特に何もせず、ただその場に突っ立っていた。美穂乃はそれを地面に伏せたまま不安そうな目で見ている。

アラクニドが少しずつスピードを上げて近づいてくる。僕はゆっくり歩いて移動し、地面に刻んだ印の中央に相手を誘い込んだ。美穂乃が身体を張っておとりをやってくれたお陰で、こちらの準備は万端整っていた。

「――よし、そこでいい」

敵がその地点まで来ると、僕は右手を前に出し、起爆の呪文を唱えた。

「死ね」

瞬間、魔物の直下にある【爆破】のルーンが、轟音《ごうおん》と共に一斉に弾《はじ》けた。

§

「――……けほっ、けほっ」

「美穂乃、大丈夫か？」

「う、うん……」

まだ土埃が完全に引かない中、傍に近寄った僕が尋ねると、美穂乃は意外に元気そうな声で答えた。

「モンスターは？」

「死んだよ」

とは言え、美穂乃には真っ暗で何も見えないだろう。この世界に来たとき僕が与えられた力――印術の技能《スキル》を使って敵を倒したは良いものの、その拍子に、松明の火まで消し飛ばしてしまった。

それでも、暗闇の中で大きな何かが息絶えている気配は、美穂乃にも感じ取れたらしい。美穂乃は安心してため息をついてから、はっと何かを思い出した。

「そうだ、志穂乃の薬の材料は!?」

「そっちはこれからだ」

僕は松明の代わりに、ベルトのポーチから石を取り出した。僕がその石に魔力を込めると、それに刻まれた【灯《あ》かり】のルーンが反応して、淡い光を放ち始めた。僕はその光を頼りに、女王アラクニドの死骸から目的のものを採取した。

「これだ」

僕が容器に採取した髄液《ずいえき》。これが、美穂乃の妹の病を癒す薬の素材になるはずだった。戦う前に言った通り、そもそも巣に女王がいなければ入手できないアイテムだが、どうやら美穂乃は、双子の妹を助けるための賭けに勝ったようだ。

「良かった……」

「そろそろ脱出しよう。女王が死んだら巣の生き残りたちは生存を優先するはずだけど、かなり魔力を使ったから、いまは襲われたくない」

「う、うん」

「立てるか?」

「……ありがとう」

僕に手を貸され、美穂乃は立ち上がった。

その声色は、さっきよりずっと柔らかくなっている。

「ねえ、さっきのって司の魔法？」

「まあそんなもんだよ」

「私があいつの攻撃を受けたときも、何か薄いバリアみたいなのに守られた気がしたの。ひょっとして、あれも？」

「……気のせいじゃないのか？　くだらないこと言ってないで、さっさと行こう」

僕はぶっきらぼうな言葉遣いで美穂乃に脱出を促した。

ここまで来る途中、要所要所に【灯かり】のルーンを刻んでおいたから、脱出するのは難しくなかった。

そのあいだ、美穂乃はずっと黙って僕の後ろをついてきていた。

第二話　契約のルーン

（1）

身体《からだ》が映り込みそうなほど、滑らかに磨かれた石によって飾られた、華麗な城の回廊。そこを、一人の少年が歩いていた。

柊《ひいらぎ》恭弥《きょうや》は、数日前に別の世界からこの世界に召喚された。

彼は召喚の際、同じ境遇の異世界人たちの中でも特に抜きん出た才能を与えられた。それを知ったこの世界の人間たちは恭弥を称賛した。彼こそすなわち、この世界を救う使命を帯びた勇者であると。

「柊くん、ちょっといいかな」

「なんだよ秋光か。そんなとこに隠れて何やってるんだ？」

その恭弥に、回廊の柱の陰から別の少年――秋光司が声をかけた。司は学園のクラスメイトである恭弥を呼び寄せてからも、挙動不審に周囲の様子をうかがっている。

「いや、その……ごめん」

「別に謝らなくてもいいけどさ。……て言うかお前、こっちに来てからずっとビクビクしてるよな。別に俺たちは犯罪者じゃないんだし、俺たちをこっちに呼んだのは向こうなんだから、もっと堂々としてろよ」

「ははは……そうだね」

恭弥は白い歯を見せながら、司の肩を拳で叩《たた》いた。司も笑ったが、彼の内心には複雑なものがあった。

二人はかつてお互いを「恭弥」、「司」と呼び合っていた。彼らと一緒に召喚された、松坂美穂乃と志穂乃の姉妹を含めた四人は、小学生時代に恭弥が司たちの近所に引っ越してきてからの付き合いである。だが成長するにつれて、司と恭弥のあいだには明確な差が生まれていた。

司のほうが、美穂乃たち姉妹との付き合いは長い。しかし現在、美穂乃と恋人関係になっているのは彼ではなく恭弥のほうだった。妹の志穂乃も、押しが弱くぱっとしない司より、活発でリーダーシップもある恭弥に思いを寄せていたのは明白だった。

いつしかまるで、初めから恭弥だけが姉妹の幼馴染《おさななじみ》であったかのように、司の存在は完全に蚊帳《かや》の外に置かれてしまっていた。二人がこうやって言葉を交わすこと自体久しぶりだ。

「お前が俺に話しかけてくるって、珍しいよな」

「……うん。別に避けてたわけじゃないんだけどさ」

住む世界が違うと言うと大げさだが、司と恭弥は学園生活でもほぼ接点がなかった。クラスでは、恭弥は男女を問わず友人に囲まれ、周りはいつも賑やかだった。登下校の際も、彼の隣には常に美穂乃か志穂乃のどちらかがいた。

だがそれも仕方ない。自分と恭弥を比べれば、それは当然のことなのだと司は思っていた。それでも生まれる惨めな気持ちが、司のほうから幼馴染たちとの距離を取る原因になっていた部分もあった。

「そう言えば、お前がもらったのは、どんな力なんだ？」

「え？」

「とぼけんなって。鑑定してもらったんだろ？」

司がわざともったいぶっていると思ったらしい恭弥は、苦笑いした。

「越田《こしだ》のやつは『聖騎士』だってさ。『俺は天才だから』とか言ってたけど、あいつみたいなお調子者が聖騎士って、なんかのギャグだよな。ははははっ」

「…………」

「でも、美穂乃たちにはまだ聞けてないんだよな。お前は？」

「僕も二人とは話してないよ」

やけにテンションの高い恭弥と異なり、司の表情は重苦しい。彼は相変わらず柱の陰から出てこようとしないで、回廊の両端に注意を払っている。

「ねえ柊くん、それより……」

「ん？　ああ、俺に用があるんだっけ？」

「相談に乗って欲しいんだ」

「……相談？」

そこから司が話し始めたのは、彼らをこの世界に喚《よ》び出した張本人に関する話題だった。

「は？　怪しいって……あのお姫様が？」

「――！」

不用意にその名を口にするなとでもいうように、司は勢いよく顔を上げ、恭弥を見た。そのときの司の表情には、恭弥が一瞬たじろぐほどの鬼気迫るものが宿っていた。それを目《ま》の当たりにしたことで、ようやく恭弥も真面目に話を聞く気になった。真顔になった恭弥は、司に尋ねた。

「なんか、そう思うようなことでもあったのか？」

「違う、けど……」

「そうなのか？　……でも、そう言えば、柳瀬《やなせ》も似たようなこと言ってたな」

数日前、彼らが「門」を介して召喚された先は、体育館ほどの広さの、大きな魔法陣が描かれた広間だった。それまでいた場所から、次の瞬間全く風景の違う場所に放り出され、困惑する彼らを、白いドレスを着た「彼女」が、バルコニーから見下ろしていた。

そのときのやり取りを思い出したのか、恭弥はまたしても苦笑した。

「まあ、腹は立つよな。こっちの都合もお構いなしに、いきなり召喚ってさあ」

口ではそう言ったものの、恭弥の中では、己が選ばれた存在として異世界に招かれたことに対する高揚感のほうが、遥《はる》かに勝《まさ》っている様子だ。

「――でも、あっちの事情もちゃんと説明してもらったろ？　そうしなきゃいけない事情が有ったんだって」

恭弥は、自分たちを召喚した人物の肩を持った。

侵攻と略奪を繰り返す周辺蛮族を始め、人間以外の勢力の脅威にも曝《さら》されているこの国を、あなたたちの力で救って欲しい。――天使か女神と見まがうほどの清らかな美少女にそんなふうに懇願《こんがん》されて、冒険に憧れる年頃の少年たちが気を悪くするはずがなかった。しかも彼らは、この世界に来て特別な「力」に目覚めたのだ。少年たちと共に来た少女たちも、ほとんどが彼らの興奮に引っ張られた。

そのせいか、本来であれば真っ先に質《ただ》さなければならない重要な疑問――元の世界に帰る方法などについては、いつの間にか脇に置かれていた。

バルコニーの少女の声は、それほどまでに無条件に人を安心させる響きを帯びていた。

国を救ってくれるはずの異世界の勇者を歓迎する立場の者が、どうしてそんな高い位置から、彼らに近づく素振りもなく喋《しゃべ》っているのか。なぜ、魔法陣の周囲には、完全武装の兵たちがいて、いつでも剣を抜ける状態で、盾を並べ彼らを取り囲んでいるのか。

それすらも些細《ささい》な問題に思えてしまうほど、バルコニーの少女が零した涙や、漏らした微笑《ほほえ》みは、彼らの視線を釘付けにしていた。

「違う」

「――え？」

「……違う」

司は、まるで震えを止めるためとでもいうように、自分の胸を手で掴《つか》み、絞り出すような声で言った。質《たち》の悪い風邪をひいたような酷い顔色だ。こめかみには脂汗も浮いている。

「柊くん、お願いだ。君の口から、皆に気を付けるように言って欲しいんだ。……でも、僕が君にこんなことを言ったって、他の誰にも――……美穂乃たちにも、絶対に話さないでくれ。もちろん『彼女』にも」

「彼女？　それってアリア――」

「駄目だ！」

回廊に大声が響いた。彼らを召喚した姫の名を口にしようとした恭弥を、司が止めた。司の眉間には皺《しわ》が寄り、恭弥を厳しくにらみつけている。

「……別に、気を付けろって言うくらい構わないけどさ。なんで自分で言わないんだ？」

「それは……」

司は言い淀んでから、白状した。

「僕じゃなくて、君の言葉なら、みんな信じると思ったから。僕じゃ駄目なんだ」

やたらと卑屈な物言いだが、これは司が考えに考えた結果の最善の手段だった。

司は恭弥に、あの召喚主の少女を疑っている根拠を伝えた。「召喚の間」で覚えた違和感以外にも、司は彼女に対して多くの疑いを抱いていた。

「……僕らの部屋は、広くて豪華だけど一人部屋だ。しかも、男子と女子は別の建物だよね」

「それがどうしたんだ？　修学旅行でも男女別って当たり前だろ。こういう中世っぽい世界なら余計にそういうことに厳しいもんじゃないか？」

「……それだけが理由じゃない気がする。あちこちに見張りの兵隊が立ってる。トイレに行くときだって、案内するってメイドの人がついてくる。……なんでいちいちそんなことを？　僕らが話さないように、お互いに遠ざけられてるように見えるんだよ。現に僕も、こうやって誰もいない場所で君に話しかけるのに苦労したんだ」

司がそう言うと、恭弥は後ろを振り返った。

「僕のこと、疑り深い嫌なやつだって思うだろ？　……美穂乃もそう言ってた。でも……どうしても気になるんだ」

「ん？　お前さっき、あいつとは話してないって……」

「…………」

しばらく無言の時が流れたあと、恭弥が口を開いた。

「わかった」

司が顔を上げた。

「確かに、向こうの言うことを信用してばっかじゃ危険だろうしな。……──なんだよ、そんな露骨にホッとすんなって。心配事を俺に押し付けてすっきりしたって顔してるぞ？」

「ご、ごめん」

「ははは っ」

恭弥が打ち解けた笑いを漏らし、釣られて司も表情を緩めた。

緊張が一気に解けたという感じだった。

「けど秋光。みんなに話すタイミングは俺が考えるから、それまで他のやつには喋るなよ？……俺たちに疑われてるって知ったら、お姫様だっていい気分しないだろうしな。それでもし何もなかったら、あとで気まずいだろ？」

「……そうだね。うん、わかったよ柊くん」

「『柊くん』じゃないだろ」

「え？」

「『恭弥』でいいって。小《ち》っさい頃みたいにさ」

そう言うと、恭弥は司に右手を差し出した。

「俺たち幼馴染なんだから、水臭いのはやめようぜ。この世界で危険な目に遭わないように、お互い協力していこう。な？　そうだろ『司』」

「……うん、そうだね。ごめん」

「なんで謝るんだ？」

「あ、いや、なんとなくっていうか……」

司は照れ臭そうに、左手で後ろ頭を掻《か》いた。

一人で抱えていた懸念を全て打ち明けた司は、妙にすっきりした気分だった。

（そうか、だから美穂乃と志穂乃もこいつのことを……）

同時に司は納得した。

納得したことで、彼はいまようやく、己が幼馴染の少女たちに抱いていた未練に諦めをつけることができた。

司は右手を差し出すと、恭弥と握手を交わした。

「ありがとう、恭弥」

司が見せた明るい笑顔には、これまでわだかまってきた恭弥に対する一方的な嫉妬の気持ちは含まれていなかった。

それもこれも全て、そのときの自分が救いようのない愚か者だったからだ。

あとで司はそう思った。

§

僕の幼馴染である松坂美穂乃と松坂志穂乃は、二卵性双生児で、双子のくせにあまり似ていない。それどころか正反対と言ってもいい。それは外見だけでなく、性格的な意味でもだ。

姉の美穂乃は身体を動かすことが好きで、明るく社交的な性格だった。だから男女を問わず友達が多かったし、クラスでも常に人の輪の中心にいた。

それに対して妹の志穂乃は、大人しい人見知りする性格だった。本が好きで、いつもオドオドしていて、小さい頃は僕と一緒に美穂乃に無理やり外に連れ出される立場だった。

でも中学に上がった頃には、美穂乃と志穂乃も以前のようにお互いにベッタリじゃなくなったらしい。「らしい」という表現を使うのは、それがちょうど僕が二人と疎遠になった時期と重なるからだ。

美穂乃と志穂乃のあいだに距離ができたのは、言うまでもなくあいつが原因だ。二人が思春期に入り、柊恭弥のことを異性として認識しはじめたことで、三人の距離のバランスが崩れたせいだ。恭弥を巡る姉妹のレースは最終的に美穂乃が勝者となった。

その頃にはすっかり蚊帳の外にいた僕は、人づての噂話《うわさばなし》としてそれを知った。

そんな経緯があったから、僕はてっきり、美穂乃と志穂乃の仲が悪くなったのだと思っていた。——でもそれは、単なる僕の思い込みだったようだ。


「志穂乃？　志穂乃、聞こえる？」

「おねえ……ちゃん……？」

「そうよ。——無理して喋らないでいいの。薬を持ってきたから、飲んで」

安物のベッドに横たわる志穂乃に、小瓶入りの治療薬《ポーション》を飲ませる美穂乃は、心底から妹を気遣う表情をしている。

美穂乃が志穂乃に飲ませているのは、迷宮《ダンジョン》に巣食う女王アラクニドを倒し、そいつから採取した髄液を精製したものだ。一般に流通するものとしては、それなりに効果の高い万能薬である。あれを飲ませれば志穂乃の容態も安定するに違いない。

薬を飲んでからしばらくすると、志穂乃の表情が落ち着きを取り戻した。ずっとぜぇぜぇと引っかかる呼吸を繰り返していた胸も、穏やかに上下するようになっている。

「……良かった」

真剣に志穂乃の様子を観察していた美穂乃が、ホッと息を吐いた。そして妹の身体を再びベッドに横たえると、乱れた毛布を整えてやり、額に新しい濡れ布巾を載せた。

志穂乃の呼吸が寝息に変わったのを確認すると、美穂乃はそっと立ち上がり部屋のドアを開けた。ドアの傍《そば》で二人の様子を眺めていた僕も、美穂乃について部屋を出た。

美穂乃が再び口を開いたのは、廊下に出てドアを閉じてからだった。

「はぁ……薬を飲ませたんだから、これで志穂乃も治るわよね」

「さあね」

「さあね……って、何それ。なんでそんな、自分には関係ないみたいな……他人事《ひとごと》みたいな言い方するの」

「なんでって言われてもな。他人事だからじゃないのか？」

「——え？」

「どっちにしろ、あの薬じゃ完治は難しいみたいだ」

迷宮《ダンジョン》を脱出したあたりからそうじゃないかと思っていたが、美穂乃はやはり勘違いをしていたらしい。自分たち姉妹を見かねた僕が、なんだかんだ優しく手を差し伸べてくれたのだと。

この呆気《あっけ》にとられた表情からそれが読み取れた。その美穂乃の表情が、一気に強張《こわば》った。

「治らないって意味？」

「話が違うって言いたいのか？　——おっと、ここは僕の家なんだ。いちいち大声出すのはやめてくれよ？　近所迷惑だし、ぎゃあぎゃあ騒いで志穂乃を起こしたいのか？」

僕がそう言うと、美穂乃はどうにか激情を噛《か》み殺した。それを見て僕は話を続けた。

「お前だって見たじゃないか。全然効果が無かったわけじゃないだろ」

いまの美穂乃は、アラクニドの巣に突入したときに装備していた高級な装備を身に着けておらず、この世界で一般的な安物の布製の服を着ている。美穂乃が持っていた唯一の財産とも言えるあの装備類は下取りに出し、この服や普通の装備に換えてきた。アラクニドの髄液を精製する費用は、それ以外の素材の代金と合わせて相当かかった。穴埋めをこいつ自身がするのは当然だ。

「それじゃ、今度は美穂乃の番だよな」

「私の番？　……どういう意味？」

「とぼけるなって」

僕はそう言ったが、美穂乃は本当に意味を理解していないようだった。だから僕は、一から美穂乃に言い聞かせた。

「いいか美穂乃。僕がお前を手伝ったのはボランティアじゃない。お前は志穂乃のために薬が欲しかった。だから僕を案内役に雇った。そのとき交わした契約内容、覚えてるよな？　結果的に志穂乃が完治するかどうかなんて関係ない。薬はちゃんと手に入ったんだから、僕の役目は終わりだ」

「何言ってるの？　冗談……よね？　幼馴染だから助けてくれたのよね？」

「幼馴染？　それこそ冗談だろ。そんなものこの世界でなんの意味があるってんだ？」

そう僕は吐き捨てた。いつまでも甘い考えの美穂乃に、逆にこっちが苛立《いらだ》ってくる。しかしこいつと言い争いなんて不毛なことに、エネルギーを浪費したくもなかった。だから努めて無表情に、淡々とした口調で言った。

「これ以上僕を働かせたかったら、ボスを倒すのを手伝わせた分も含めて、追加で報酬を払えよ。当然だよな？　この世界に、タダでお前のために働くやつなんていない」

「でも私……お金なんて持ってないわ」

「そんなことくらい知ってるさ。けど、だからって開き直るのは卑怯じゃないのか？　それに金じゃなくたって、他に支払う方法くらいあるだろ」

僕の視線を恐れるように目を伏せていた美穂乃は、その瞬間ビクッと肩を震わせた。そして喉を動かして唾を飲み込むと、どうにか口を開いた。

「他の方法って……」

美穂乃だって子どもじゃない。僕の言葉の意味は理解できたはずだ。既に他人同士とはいえ、かつての幼馴染に対し、僕もずいぶん下衆《ゲス》な要求をするものだと思う。しかし恭弥の彼女である美穂乃が、いくら妹のためだからって、僕にそういうことをさせるわけもない。

「踏み倒すっていうならそれでもいいさ。好きにしろよ。けど、そしたら僕は二度と、金輪際お前に協力しない。あとは一人で勝手にやれよ。この家も出て行け」

それがどんなに過酷なことなのか、百も承知で僕は言った。不思議な力で言葉だけは通じるとは言え、ここは異世界だ。知り合いは一人もおらず、僕らが元の世界で培《つちか》ってきた常識も何一つ通用しない。ちょっとはこの世界の現実に通じている僕の協力を失えば、美穂乃たちは生きて行くことすら難しい。

硬く握り締められた美穂乃の拳は、僕を殴りたそうにぷるぷると震えていた。

「どうした、怒ったのか？」

「くっ……」

「殴りたいなら殴ればいいんじゃないか？　その拳骨で、思いっきり僕をぶん殴ってみろよ。お前そういうの得意だろ。すっきりするぞ、きっと」

美穂乃の力ならば、丸腰の僕をぶちのめすのは簡単だろう。だがここで怒りに任せて殴ってしまえば、それこそ全て水の泡だ。必死に自制心を働かせる美穂乃のことを、性格の悪い僕はさらに追い詰めた。

「……なあ美穂乃、ずっと聞きたかったんだけど、お前さ、いまさらなんでそんなに志穂乃に執着してるんだ？　お前ガキの頃から、あいつのことウザったがってたくせに」

「……え？」

「なんだよその間抜けな反応。……まさか自覚してなかったのか？　自分が妹に冷たいって」

自分と性格や趣味嗜好が異なりながら、同じ男を好きになった双子の妹のことを、美穂乃は確かに疎ましく思っていた時期がある。「いなくなればいい」と、心のどこかで考えたことがあるはずだ。

「そんな……そんなことあるわけ……」

「あるわけないって？　そうか？　本当にそうだって証明できるのか？」

まるでひねくれた小学生みたいな言いぐさだ。こんな言いがかりは、普通なら適当に受け流しておけばいい。だが、極度のストレスの連続で、既に限界に近い精神状態に置かれている美穂乃は、僕の言葉に込められた呪いを正面から受け止めてしまった。――そもそも志穂乃が病に苦しんでいるのは、もしかしたら自分のその気持ちが原因なのではないかと。

「この期《ご》に及んで良いお姉ちゃん面したかったのか？　自己満足もいいけどさ、それに僕を巻き込むなよな」

僕は確かに薄情で利己的なことばかり言っているかもしれない。でもそれは美穂乃だって同じだ。こいつが一方的に僕を責める資格はない。

僕は美穂乃と向かい合うのをやめ、狭く薄暗い板張りの廊下を歩きだした。

一階に降りる階段に足をかけると、背中のほうから力のない美穂乃の声が聞こえた。

「……どこ行くの？」

「仕事だよ」

「……仕事？」

「そうさ。働かないで、どうやって生きてけって言うんだよ」

この世界に召喚されてからも食うに困ったことすらない美穂乃たちと僕は違う。僕はそれ以上美穂乃の相手をせず、階段を軋《きし》ませて一階まで降りると、そのまま我が家の玄関のドアをくぐった。

家を出ると、外は日が落ちた直後だった。太陽は見えないが、遥か遠くの山際の空には、まだ茜色《あかねいろ》が残っている。頭上には無数の星と、やけに明るい双子の月が見えた。

僕は一瞬空を見上げてから、すぐ地面に目線を戻し、家の前の路地を歩いた。

このエイギーユの街における僕の家は、大きな通りから路地裏に入って坂を上る途中にある一軒家だ。木と煉瓦《れんが》と漆喰《しっくい》造りの、この世界では一般的なサイズの借家である。小さいけど庭が有り、専用の井戸もついている。

あの城から逃げ出したあと、僕はなんとか生き延びて最終的にこの街に落ち着いた。そう言ったら簡単に聞こえるが、それまでには本当に色々なことがあった。数えきれないほどの辛《つら》いことや苦しいこと、人間としての尊厳を踏みにじられるような屈辱もたくさん味わった。それらを思い出すと、当たり前のような顔で転がり込んできた美穂乃も、のうのうとベッドで寝ている志穂乃も、何様だと思う。

しかし美穂乃を虐めたところで、僕には硬貨一枚分の得もない。だから僕は、この世界での生活を成り立たせるために、自分の「仕事場」へと向かっていた。

そう、何はともあれ、死んでない以上は生きなきゃならない。食べ物と着るものと住む場所を得るためには、異世界でも働く必要がある。

僕は、家と家に挟まれた路地を歩いて、人通りの多い広い道に出た。

「へいらっしゃい！　安いし新鮮だよ！　どうだいそこのアンタ！」

「う〜ん……晩ご飯のおかず、どうしようかしら……」

表通り沿いの店で、身長二メートルくらいの男が、やたら刺々《とげとげ》しい深海魚みたいな生物の尾を掴んで客を呼び込んでいた。男の背後では、買い物かごをぶらさげたエプロン姿の女性が、頬に手を当て夕飯の食材について悩んでいる。そして女性のスカートの裾《すそ》を、小学校低学年くらいの小さな女の子が掴んでいる。

ごく普通の買い物の光景と言えばそうだ。しかし、彼らの頭には、山羊《やぎ》のような二本の角が生えている。しかも腰には黒く細長い、いわゆる悪魔みたいな尻尾が生えていた。彼らはこの世界で「魔族」と呼ばれる人種である。この街は、僕のような「人間」よりも、彼らの割合が圧倒的に高い。

なんとなく眺めていると、エプロン姿の魔族の女性が僕に気付いて振り返った。

「あらアキミツくん。これからお出かけ？」

「はい、大家さん」

「もしかして、またお仕事？　遅くまで大変ね……」

「いや、別にたいしたことじゃないですよ」

僕は、美穂乃と会話していたときとは違い、愛想がいいとは言えないまでも、ごく普通の当たり障りのない受け答えをした。

この女性は、僕が借りている借家の持ち主である。詳しくは知らないが、旦那さんは既に亡くなっていて未亡人だそうだ。彼女のスカートの陰に隠れて僕の眼をじっと見つめているのは、彼女の娘さんである。

「留守にするなら気を付けてね、アキミツくん。最近いろいろと物騒だから、戸締まりはきちんとね。昨日もご近所に泥棒が出たらしいの」

角と尻尾が生えているというだけで、その他に、僕らと魔族の目立った外見上の違いはない。大家さんのおっとりとした喋り方に合わせるように、彼女の尻尾もゆったりゆらゆらと揺れている。

「ええ、気を付けます」

そう答えると、僕は早々とその場を立ち去った。

道には魔族以外にも、直立したモグラのような種族やトカゲみたいな種族がいるが、こういう光景にも既に慣れた。

「おい、見たか？　あいつ人間だよ」

「へえ、珍しいな。どっから来たのかな」

僕のことを言っているらしい声を受け流しながら、僕はさらに人通りの多い場所に向かって、人混みの中を縫って進み始めた。

§

「——はい、そうですね。それについてはこちらでも確認いたしました。アキミツさん、アラクニドの巣の討伐、改めてお疲れ様でした。こちらが報酬です」

木製カウンターに積まれた硬貨の種類と枚数を見て、まず僕の頭によぎったのは、思ったよりも額が少ないという感想だった。一応は危険種の巣を潰したんだから、もう少しくらい多くもらってもいいいんじゃないだろうか。

(道具もかなり使ったし、こんなもんじゃギリギリ黒字になるかならないかだな……)

しかし、その感情が表に出ていたらしく、カウンターの向こうに座る片眼鏡《モノクル》の女性はすかさず言った。

「何かご不満でも?」

声のほうを見ると、切れ長の瞳が、片眼鏡《モノクル》の向こうから僕を見ていた。

「そもそも今回の討伐は、我々が仲介した正式な依頼ではありません。アキミツさんがどうしてもと仰《おっしゃ》るので、我々が持っていた魔物の巣の情報を、そちらに提供した形です。それでも報酬が発生するのは、危険種討伐のために商業組合が積み立てている資金があるからです。ご存じですよね？　そちらを基本報酬として、情報提供料などの諸経費を差し引かせていただきました」

事務的な口調でよどみなく喋る彼女の頭にも、魔族の角が生えている。そんな彼女の名前はリエラという。このエイギーユの街における自由傭兵の斡旋所《あっせんじょ》の受付職員だ。

自由傭兵というのは要するに、この世界における使い捨ての底辺労働者のことである。他の者が誰も引き受けない危険な汚れ仕事を、決して高いとは言えない報酬と引き換えにこなす。異世界人の僕には、この世界の戸籍も、身分を保証してくれる知り合いもない。そんな僕が、それでも生きて行くために選べる職業は限られていた。

このエイギーユは特筆すべき産業のない、従って人の往来もそれほど活発でない都市である。斡旋所の規模も小さく、カウンターに座っているのはリエラ一人である。しかし建物の奥には彼女の他にも何人か職員が働いているし、少数ながら僕以外に登録している自由傭兵の出入りもある。

「明細をご覧になりますか？」

リエラは平然と言った。いつも完璧に仕事をこなす彼女に計算ミスなど有り得ないだろうが、念のためにとうなずいた。

「どうぞ」

そう言って彼女がカウンターに置いたのは一枚の紙だ。

どんな不思議な力が働いているのか知らないが、この世界に召喚されたとき、僕らは現地の人々と普通に日本語で意思の疎通を図ることができた。しかし書き言葉は例外で、単語も文法もさっぱりわからなかった。でもいまの僕は、この明細に書かれた項目の大雑把な意味と数字を理解することくらいはできる。――これは僕に与えられた印術の恩寵《ギフト》とは関係ない。純粋な努力の結果だ。この世界の識字率は低い。ここで生まれた人間や魔族でも、読めない者のほうが多数派だ。しかし、だから文字くらい知らなくても生きていけると読めないままにしておいたら、知らないあいだに騙《だま》されて食いものにされる。少しでも舐《な》められないよう、状況から単語の意味を推測する等の方法で必死に学んだ。

「いかがですか？」

「…………」

明細の紙片を読み下した僕は、了承の意志を言葉で示す代わりに、それを指で差し戻すとカウンターの硬貨を摘まんだ。

「受け取りにサインをいただけますか？　……確かに。お疲れ様でした、アキミツさん」

「…………」

「どうかしましたか？」

「いいえ、何も」

実際には僕より二つ三つ年上くらいだろうが、仕事ができる雰囲気のためか、リエラはかなり大人びて見える。いつも事務的な彼女の口から、いまみたいな労《ねぎら》いの言葉が出てくるのは、かなり貴重な体験だった。

しかし彼女はそれを気にしていない様子で、「それで次の仕事の話ですが」と言った。

彼女が目を落としている木製のバインダーには、この斡旋所に届いている依頼のリストが綴じられている。

「アキミツさんに頼めそうなものだと、今回のような討伐依頼が何件かあります。あとはいつもの物資調達、目的地への配送、隊商の護衛依頼といったところでしょうか。お望みでしたら街道の修繕工事の手伝いなどもありますが」

「…………」

よりどりみどりのようにも見えるけど、そんなに虫のいい世の中じゃない。報酬と仕事の内容を天秤にかけたら、どれも似たり寄ったりのクソ具合だ。

「不本意そうですね。表情に出ています」

「そうですか？　そんなことないですよ。僕なんかでも引き受けられる仕事が有るのは、それだけありがたいですからね」

僕が上っ面だけの笑顔を浮かべると、リエラは言った。

「以前も申し上げましたが、アキミツさんのような単独行動の傭兵には、我々が頼める依頼も限られます」

「ええ知ってます。それが決まりなら仕方ありませんよ」

「しかしそれでは、危険の割に報酬も少ないままです。ですからそろそろ、他の傭兵と契約することを考えてはいかがですか」

「…………」

「アキミツさんはこの街での実績も十分積まれました。あなたがたとえ人間でも、契約を結びたいという傭兵は見つかるはずです」

これまで単独行動してきたのは、誰かと組むのが嫌だったからだ。裏切られて後ろから刺される心配をするくらいなら、初めから一人のほうが気が楽だ。

僕は曖昧にお茶を濁す言い方をした。

「まあ、いまのところは一人でどうにかなってますから」

「…………」

「なんですか？」

「先日アキミツさんがここに連れて来た女性ですが、彼女は？」

「ああ、あいつは……」

リエラは一度、美穂乃に会っている。いつもやり取りは最小限のリエラが、今日は妙に話しかけてくると思ったら、その話題が本命だったようだ。

「彼女なら、もうすぐこの街を出て行くそうですよ」

「そうなのですね」

「ええ、そうなんですよ。だから僕には関係ないんです」

「余計なことを尋ねて申し訳ありませんでした。改めて、次の仕事の話ですが――」

「すいません。それはちょっと休んでからでいいですか?」

「……もちろん。そもそも依頼を引き受けるかどうかは、傭兵であるあなた方の自由ですので」

リエラはそう言うと、バインダーをカウンターに伏せた。

「じゃあ僕はこれで」

「はい、いつでもお越しください」

リエラに見送られ、僕は斡旋所を出た。

帰り道の通りは、もう完全に夜になっていたが、まだ人出が多かった。エイギーユだけじゃなく、魔族の街は昼より夜のほうが賑やかだ。食堂や酒場も夜遅くまで営業している。そしてそんな街の灯《あ》かりと、月と星に照らされて、向こうの丘の上に領主の城が浮かび上がっている。

ここは、僕らを召喚した人間の国から遠く離れた、文化も何もかも異なる地域だ。僕は、あの国から逃げ出したあとここにたどり着き、とにかく今日まで生きてきた。その過程で元の世界に帰ることも諦め、一緒に召喚された連中や、僕を裏切った恭弥のことを思い出すこともなくなった。でもそこに現れたのが美穂乃だった。

僕が家にたどり着き玄関のドアを開けると、その美穂乃が、すぐ目に入るところにある食卓の椅子に座っていた。当然向こうも僕が帰ってきたことに気付いた。

「あ……」

美穂乃は立ち上がると、胸のあたりで拳を握り締めながら何度か口を開け閉めした。そしてようやく意味のある言葉を口にした。

「お、おかえりなさい」

その媚《こ》びるような表情と台詞《せりふ》が、無性に僕の癇《かん》を逆なでした。

「まだいたんだな」

「え……」

「もう消えてくれたと思ってたよ」

いきなり僕に辛辣な言葉を浴びせられると、美穂乃は打ちのめされたようにうつむいた。

ランプすらついていない食卓は、窓から漏れる月明かりで、ようやく相手の位置がわかる薄暗さだ。こいつが志穂乃のベッドがある部屋でなくここにいたのは、どこに身を置いていいかわからなかったからだろう。確かに僕は、この家のどの部屋を使っていいとも悪いとも美穂乃に言っていなかった。それは純粋に、こいつに居場所を与えたくなかったからだ。志穂乃を連れてさっさと出て行って欲しかったというのは、偽りない僕の本音だ。

美穂乃たちがあの城でもてはやされていたときも、僕はこの世界で自分の居場所を作り上げるために必死に努力していた。美穂乃が恭弥にべったりで、あいつの言うことは全部正しいと信じていたときも、僕は自分だけの力でここまで生き延びてきた。

「ね、ねえ司。晩ご飯どうする？」

「…………」

美穂乃は僕が出かける前よりおどおどした態度で、露骨に僕の顔色をうかがっている。

僕は無言で食卓のテーブルに近づくと、斡旋所で受け取った報酬のうち、ぴったり半分にあたる枚数の硬貨を置いた。

「……お金？」

「アラクニドの巣を潰した報酬だ。それが美穂乃の取り分だよ」

「もらっていいの？」

「ああ、好きに使えよ」

美穂乃は信じられないものでも見るように目を見張っている。こいつにとっては、これがこの世界で自力で稼いだ初の報酬だ。

「あ、ありがとう……」

美穂乃はせっかくの報酬に手を伸ばそうともせず、僕に礼を言った。

「どういたしまして」

「ねえ司、あなたやっぱり――」

「変な勘違いするなよ。これとお前が僕に払わなきゃならない報酬は別ってだけだ。なるべく早くこの家を出てってくれ」

僕は美穂乃の台詞を遮《さえぎ》ると、一階の奥にある自分の寝室へと移動した。

(2)

翌朝、僕が起きてくると、美穂乃はまだ一階の食卓にいた。元気なくうなだれているのは、昨晩最後に見たときと全く同じ状態だ。でもまさか、夜通しそうしていたわけじゃないだろう。こういう露骨なアピールをして、僕の同情を買うつもりなんだろうか。しかしこいつに構う前に、僕にはやらなければならないことが山ほどある。だから僕は、美穂乃の横を素通りすると、ドアを開けて家を出た。

早朝の街は、夜と違ってひっそりとしていた。それでも、朝からやっている店はやっている。僕がまず訪れたのは、炉の煙突から煙が上がる裏通りの鍛冶屋だった。

そこには、まるで岩のような質感の肌の、ずんぐりむっくりした男が、水を汲んだ桶《おけ》を持ち立っていた。

「よぉ、相変わらず早いな」

男は桶を金床の傍に下ろしながら言った。その声には、地鳴りのような独特の響きがある。これは岩人《いわびと》——文字通り、身体が岩などの鉱石で構成された種族だ。

「おはようございます。できてますか？」

「やれやれ、そんなせかすなって。ちょっと待ってろ、ブツは奥に置いてあるからよ」

ゴツゴツ重たい足音を立てて、岩人の鍛冶屋の姿は店の奥に消えた。そしてすぐ戻ってきた。その手には、シンプルな鞘《さや》に納まった剣が握られている。これは僕が先日ここで発注したものだ。

「にしても、印術なんて古風な魔法、久々に見たぜ」

だから出来には期待するな、という含みを持たせた言葉と共に、岩人の鍛冶屋は剣を僕に引き渡した。僕はさっそくそれを鞘から抜くと、刃や鞘のつくりをまじまじと見た。

片刃だから、剣というより刀と呼ぶほうが正しいはずだ。ただし、日本刀とは全く違う。やや厚みのある反りのない刀身は、ガッシリしていて丈夫そうだ。これなら多少乱暴に扱っても、折れたり曲がったりはしないだろう。

それだけなら普通の剣の範疇《はんちゅう》だが、この剣の刀身の根本には、二つの印《しるし》が刻まれている。これらはそれぞれ、剣の強度と鋭さを上げるためのまじないだ。

「預かった素材で色々試してみたけどよ。俺の腕だと二文字で限界だな。それ以上は、鍛えてる最中に刃がぶっ壊れやがった」

岩人の鍛冶屋は、人間ならあごひげがあるあたりを手で撫《な》でた。

「ここに店を構えて、それなりに腕を磨いてきたつもりだったんだがよ。俺もまだまだってことだな」

それは彼の鍛冶師としての力量《レベル》だけでなく、僕の術師としての力量《レベル》が足りていないせいでもあるんだろう。いずれにしても現状では、武器に刻めるルーンの数は二個が限界だったってことだ。

あらかじめ何かに印を刻み、それに魔力を流すことで様々な効果を発現させる魔法が印術だ。僕がこの世界に来たときに与えられたのは、それを扱う素質である。使い手の少ないレア魔法……と言えば聞こえはいいが、単にもっと便利で汎用性の高い魔法技術が発達した結果、印術は廃れたというだけである。

印に籠められる力はごくシンプルだ。例えば僕が迷宮《ダンジョン》でアラクニドの女王を倒したときは、【爆破】のルーンを使った。しかしあれも、別系統の魔法の使い手なら、もっと強力な爆発を引き起こしたり、離れた場所から爆破のエネルギーをぶち当てるなんて芸当も可能らしい。

僕が知っているルーンの数はそう多くない。【爆破】以外には、【灯かり】のルーンと、この刀に刻んだ【強靭】と【鋭利】のルーン、そしてあといくつかだけだ。

僕は剣を鞘に納めると、岩人の鍛冶屋に礼を言った。

「ありがとうございます」

「なぁに、報酬だって十分もらったしな」

僕は満足していた。手に入った剣は、これまで使っていた安物よりずっとマシな代物だ。奮発して良い金属を調達し、一から鍛えてもらった甲斐《かい》があった。どうやらこの鍛冶屋は、かなり腕がいいらしい。

次に僕が訪れたのは、これも裏通りにある店の一つだ。薄暗くてかび臭く、怪しげな物がところ狭しと積まれた魔法素材の店だ。

その店の奥まで行くと、カウンターの暗闇の向こうから年齢も性別も判断しがたい何かの声が聞こえた。

「……誰？」

僕は職業と名を告げた。しばらくして、カウンターの奥から中身のメモが書かれたタグ付きの包みが出てきた。僕はそれと引き換えに、布袋の財布から銀色の硬貨を数枚取り出して置いた。

この店で購入したのは、何種類かの鉱石だ。どれも内部に魔力を含有するタイプの石である。これまでの経験から、ルーンを刻む対象は、ただの石ころよりも魔力を含んだ素材のほうが、高い効果を出せると知った。こいつに【爆破】のルーンを刻んで手榴弾《しゅりゅうだん》代わりにしてもいいし、【灯かり】のルーンを刻んで非常用の光源にしてもいい。

そうやって二つ店を回っただけで、これまでコツコツ貯めた資金がごっそり減った。こういうコスト面での問題も、印術が廃れた理由なのかもしれない。そういう意味でも、あの姉妹をタダで養ってやる余裕なんて僕にはなかった。

§

その日は結局、街のあちこちを巡っていただけで夜になってしまった。

家に帰ると美穂乃はいなかった。

（……ようやく出てってくれたのか。長かったな）

この家にあいつがいたのはほんの数日だったのに、僕はそんな感想を抱いた。

僕は食卓の椅子に荷物を置き、台所の壺に溜めてある水を飲むと、袖で口元を拭ってから今日の収穫物を再確認し始めた。ルーンを刻むために買ってきた鉱石を種類と大きさ別により分け、松明《たいまつ》やロープなどの備品の状態をチェックした。そして寝室から持ってきた革鎧《かわよろい》に、傷んでいる部分が無いかどうか念入りに調べた。

（この鎧も買い換えどきかな……。応急修理でごまかすのは、そろそろ限界みたいだ）

ということは、また出費が増える。思わずため息をついてしまった。

「……ふぅ」

熱中してしまい、気付いたときにはかなり時間が経っていた。

（そろそろなんか食べるかな。別に腹は減ってないけど……）

そう考えたところで、僕は背後に人の気配を感じた。

「……なんか用か？」

「………………」

「出てけって言ったろ」

出て行ってくれたというのは僕の願望に過ぎず、美穂乃はまだこの家にいた。

振り向いた僕の目に入ったのは、朝とはまた雰囲気の異なる美穂乃の表情だった。打ちのめされて折れたのとは違う、何か決意したような毅然とした瞳で、美穂乃はそこに立っていた。

「秋光くん」

美穂乃は改めて、ファーストネームではなく他人行儀に僕を呼んだ。

「お願い、志穂乃を助けるのを手伝って」

「またそれかよ。それはもう終わっただろ」

「まだ終わってない。志穂乃の病気はまだ治ってないもの。このままだと……あの子は死ぬわ」

美穂乃はやけに力の籠った冷静な声で、それを認めた。

僕は言った。

「だから？　薬を手に入れた時点で僕の役目は終わりだって言ったろ」

「…………」

「もう一度僕に働けってんなら、報酬を払ってくれよ」

僕だって初めからこういう人間だったわけじゃないし、好きでこうなったわけでもない。誰かに対する思いやりや優しさなんて、わずかな報酬と引き換えに生きるか死ぬかを続けていたら、あっという間に摩耗するものだ。

二人とも声は落ち着いている。しかし一触即発の張り詰めた空気が、そこに漂っていた。美穂乃は素手でも魔物をぶちのめす力がある。一方で、僕の傍らには剣がある。僕はその剣の鞘を握って立ち上がった。

僕がにらんでも美穂乃は目を逸《そ》らそうとしなかった。

「報酬を払えばいいのよね」

「…………」

「払うわ」

「……へぇ。で、いくらくれるんだ？」

「お金は秋光くんがくれたぶんしか持ってないわ」

「じゃあ話にならないな」

「待って。別に報酬はお金じゃなくてもいいんでしょ」

「……は？」

「お金じゃなくても払えるものはあるって、あなたが言ったわ」

確かにそうだ。でもあれは、こいつを追い詰めるために言った冗談みたいなもので——。

「冗談でこんなこと言うと思う？」

「…………」

確かに、それはそうだった。

僕は椅子から立ち上がると、美穂乃の前に立った。そして改めて美穂乃を観察した。こいつの身体が、報酬に値するかどうかという観点で。

そういう意味では、美穂乃は文句なしに最高の容姿とスタイルを持っている。大抵のアイドルやグラビアモデルが霞むほどだ。この身体を好きにしていいというのは、大抵の男にとって涎《よだれ》が出るほど魅力的な報酬であることは間違いない。

僕も人並みに性欲を持ち合わせた若い男だ。それに恭弥の彼女である美穂乃を、僕の手で穢《けが》してやるというのも、それはそれで面白そうだ。

ニヤつく笑みを浮かべて、己の身体を上から下まで舐め回すように見る僕に対し、美穂乃は生ゴミでも見るような目を向けた。

「……最低ね」

「見損なったって？　いまさらお前にそんなこと言われたって、なんとも思わないさ。で、それよりどうするんだ？　ここでするのか、それともベッドのある部屋に行くのか……——僕はどっちでも構わないけど」

僕が尋ねると、美穂乃はぐっと唇を噛み締めてから、小さな声で言った。

「……部屋がいい」

「まあ当然だよな」

こいつ的には、二階で寝ている志穂乃に聞かれるのだけは絶対に嫌なはずだ。それにいくら嫌いな男に抱かれるからって、場所くらいは選びたいだろう。

僕は美穂乃を連れ、一階奥の自分の寝室の前まで移動した。

「入れよ」

ドアを開けた僕にあごをしゃくって見せられると、美穂乃は一瞬硬直した。しかしそれでも、覚悟を決めたように足を前に出し、寝室の敷居をまたいだ。そして美穂乃の身体が部屋に入ると、僕はドアをぱたりと閉じた。

（3）

小学校の低学年まで、美穂乃と志穂乃と僕は、いつも三人で遊んでいた。家が隣同士だった僕らは、大げさな表現抜きで、ほとんど毎日朝から晩まで一緒にいた。

あの頃の美穂乃はガキ大将みたいだった。男子みたいに半ズボン姿で、いつもあちこち擦り傷だらけだった。公園で遊ぶときも神社の雑木林に段ボールで秘密基地を作ったときも、常に美穂乃がリーダーとして先頭に立ち、僕と志穂乃を連れ回していた。男のくせに弱気な僕は、そんな美穂乃の強引さに小声で文句を言いつつ、本気では嫌だと思っていなかった。

それが全部変わったのは、あいつ——柊恭弥が近所に引っ越してきてからだ。

小学校の途中で引っ越してきた恭弥は、すぐに美穂乃たちと仲良くなった。あいつよりも数年長く幼馴染をやっていた僕よりも、遥かにずっと。ただでさえ影の薄い僕は、あらゆる面で自分よりハイスペックな恭弥の存在に追いやられて、あっという間に蚊帳の外になってしまった。

もちろん、それを根拠に僕が恭弥を恨むとしたら、そいつはただの逆恨みだ。けど、いまは違う。いまの僕は、あいつの大切なモノを壊すのに十分すぎる大義名分を持っている。だから遠慮することはないさと、僕は思った。

「……いやらしい目で見ないで」

僕に対する美穂乃の視線は、相変わらず嫌悪感たっぷりである。迷宮《ダンジョン》でアラクニドの死骸を目にしたときすら、これほどまでじゃなかった。

そしてそんな表情でも、こいつは美人だった。あの男勝りなガキ大将が、いつの間にこうなったのだろうか。

「見ないでどうしろって言うんだよ。これから何するかわかってるのか？　それより早く脱げって」

「……いちいち命令しないでってば」

口でどんなに強がりを言おうとも、美穂乃の不利は歴然としている。こいつは僕に手を貸してもらうために、僕を満足させなきゃならない立場だ。

「んっ……」

さっきから躊躇《ちゅうちょ》していた美穂乃は、ようやく服を脱ぎ始めた。僕は、美穂乃の脱衣シーンを特等席で眺めるためにベッドに腰かけた。

美穂乃はチラッと僕を見てから、テーブル上のランプに目を向けた。

「灯かり、ちゃんと消してよね」

「そんな細かいことどうだっていいだろ。お前のほうこそ僕に命令するなよ」

「くっ……」

僕は美穂乃の妹の命を盾にしてこいつとセックスしようとしているクズで、美穂乃は彼氏に内緒でそんな下衆野郎に貞操を捧《ささ》げようとしているのだから、甘い雰囲気になる道理など欠片《かけら》もない。

しかし、どんなに空気がギスギスしていようが、これからこいつにハメられると思うだけで、僕の肉棒はズボンの下で既に勃起していた。最近ずっと打ちのめされてしおらしかったこいつが、ようやく「らしい」強気なところを見せたことも、僕の興奮に拍車をかけている。

脱いだ上着をどうしていいかわからず、美穂乃はしばらく戸惑っていた。結局テーブル横の椅子の背もたれにひっかけると、次はブラウスを脱ぐのに取り掛かった。ボタンを外そうとする指が何度も滑っているのは、緊張によるものみたいだった。

ランプのろうそくの炎の揺らめきすら聞こえてきそうな静かな夜。この狭い空間に、僕ら以外は誰もいない。そんな中で、美穂乃が服を脱ぐ衣擦《きぬず》れの音が響く。僕は美穂乃に手を貸すことなく、学園でもトップクラスにモテていた同級生の女子がストリップするのを見守った。

ボタンが外れるに従って、隠されていた美穂乃の胸元が露《あら》わになっていく。小さい頃はいつも真っ黒に日焼けしていた肌が、いまは信じられないくらい白くきめ細やかになっていた。

「――――！」

美穂乃はブラウスのボタンを外す途中で僕の股間を一瞥《いちべつ》すると、慌てて目を逸らし背中を向けた。表情は見えないが、耳の頭と首筋が真っ赤に染まっている。

「ずいぶんエロい下着だな……。それも向こうの城でもらったのか？」

ブラウスの下から現れたのは、手の込んだレースの白いブラジャーだった。

これはこっちの世界の品のようだが、元の世界の工業製品より、むしろ高級そうに見えた。僕があの城を出てからも、美穂乃たちが変わらず贅沢《ぜいたく》な暮らしをさせてもらっていた証拠だ。

「こっち向けよ。手で隠したりするなよ」

ベッドに腰かけている僕は、居丈高にそう言った。その態度は完璧にチンピラのそれである。

美穂乃はビクッと肩を震わせたが、深呼吸でどうにか怖《おそ》れを呑《の》み込んだ。こっちを向き直った美穂乃の瞳は、屈辱と羞恥にまみれながらも気丈さを保っていた。

美穂乃が上半身に身に着けているのはブラジャーだけだ。白いレースに下半分を包まれた乳房が、僕の目の前に晒《さら》されている。胸は有るのに腰がきゅっとくびれていて、腹筋も引き締まっている。鍛えているだけあってか、さすがのプロポーションだ。

「次は下だな」

「…………」

いろいろと諦めたのか、唇を引き結んだ美穂乃は、上着のときよりスムーズにスカートに手をかけた。美穂乃がサイドのホックを外しただけで、スカートはぱさりと木の床に落ちた。スカートの下から現れたショーツは、ブラと揃いのデザインと色だった。

下着姿の美穂乃を気が済むまで視姦《しかん》すると、僕はおもむろに立ち上がり、無造作に上着を脱ぎ捨てた。

「じゃあセックスするか」

「……言い方。もうちょっとデリカシーとか……」

「もしかして、ロマンチックな言葉とか期待してたのか？　綺麗だよとか褒めれば良かったのかな？」

「やめてよ。吐き気がするわ」

本当に嫌そうな声で美穂乃は言った。それから僕の身体の一部に目を注ぐと、不安げに眉をひそめた。

「……どうしたの、そのお腹の傷」

「ああ、これね……」

僕は自分の左わき腹を撫でた。そこには手術痕などとは違う、大きく生々しい傷痕が残っている。最も目立つその傷をはじめとして、僕の身体には他にもたくさんの傷があった。全部この世界で、美穂乃たちと別れてからついたものだ。

傷だけじゃない。生白かった肌は日に焼け、やたら筋肉で引き締まっている。

「気にするなよ。それより、こっち来な」

「……ふん、ずいぶん余裕じゃない。でも、あなたどうせ、女の子と付き合ったこともないんでしょ？　威張ってるけど、エッチどころかキスだってしたことないんじゃないの？　そんなんで上手にできるわけ？」

「いや、セックスくらいしたことあるさ」

「そうよね。だって秋光くん昔から女の子のこと苦手で――……え？　いまなんて……」

「だから、セックスくらいしたことあるって言ったんだ」

「……あるの？　女の子とそういうこと……」

「なんだよ、そんなに驚くことか？」

これは童貞の強がりでもなんでもない。――ただしその「体験」はこっちの世界に来てからの話だし、真っ当な恋愛を経たものではないことも事実だ。

もちろん僕はそこまで美穂乃に語らなかった。美穂乃は僕の堂々とした答えから、嘘ではないと判断したようだ。童貞だと思っていた僕が、普通に誰かと性行為をした経験があると知って、美穂乃は急に気圧《けお》されたようになった。僕のことが、段々と得体の知れない人間に見えてきたようだ。

呆《あき》れたことに、これまでずっと自分と志穂乃のことばっかりだったこいつは、このタイミングでようやく、目の前にいる僕がこれまでどういう暮らしをしてきたのかを想像してみる気になったようだ。

童貞を捨てただけじゃない。僕はこの世界で、美穂乃がまだ知らない色々なことを経験し、あらゆる意味で汚れてしまった。

飢えをしのぐために物乞いみたいなこともした。

目障りだとかという理由で複数にボコられてボロ雑巾みたいになった。

優しい顔をして近づいてきた相手に、せっかく手に入れたなけなしの金を盗られた。

そして生きるために、他人の命も奪った。

元の世界に帰るという希望が、とっくに僕の頭から失われたのはそのためだ。

「まあ、あんま緊張すんなって。どうせお互いに好きとかいう感情とは無縁なんだ。せいぜい割り切って、ヤることヤって楽しもうじゃないか」

「う……。ちょっ、ちょっと待って……まだ私、心の準備が……！」

僕が一歩近づくと、逆に美穂乃は一歩下がった。

「いまさら？」

情けない後退を続けた挙句、下着姿の美穂乃は、ついに壁際に追い詰められた。

僕は、そんな美穂乃を間近から見下ろし、綺麗なあごのラインに指を這《は》わせた。

「んぅ……!?」

怯《おび》えた美穂乃は、目をつぶって身体を強張らせた。

「志穂乃を助けるって話はいいのか？」

「……！　──っ」

「そうそう、その調子で歯を食いしばって頑張れよ。じゃなきゃ志穂乃が、お前に見捨てられたって悲しむぞ？」

触れるか触れないかの距離で、僕がゆっくりと手を動かしていくと、美穂乃の呼吸が荒くなっていく。胸を上下させながら小刻みに震える様子は、まさしくただの「女の子」だった。

僕は、両手を使って触診するように、美穂乃の腰やお腹周りを撫でた。

もちろん実際に触れたのはこれが初めてだが、元の世界にいた頃から、スポーツや格闘技で鍛えていた美穂乃のお腹は、そこらの同年代の男子よりよっぽど引き締まっている。薄《う》っすらとした脂肪の下に、しっかりと筋肉がついているのがわかる。でもその筋肉のつき方も、男のものとはやはり違う。どこまでいっても、こいつの身体は女子でしかない。

白いブラに覆われた美穂乃の胸は、どちらかというと巨乳に属するサイズである。胸相応に大きなお尻も、きゅっと持ち上がっている。

「昔はつるっぺただったのに、ずいぶん大きくなったな」

「い、いつの話よ！　やらしい動きで触らないで……！」

「なあ、あいつとはもうヤったのか？」

「あいつって……」

「恭弥に決まってるだろ」

「なんでそんなことあなたに言わなきゃ——……わかってるわよ。手伝ってほしかったら答えろって言うんでしょ。……あるわよ。私だってエッチくらいしたことあるわ」

「……へぇ」

「何よその反応」

「別に？　じゃあ気兼ねなく僕に抱かれることができるよな？　心配するなよ。恭弥に抱かれるより、ずっと気持ち良くしてやるからさ」

「ああっ……！」

僕は美穂乃の胸を、レースのブラ越しに掴んだ。むにゅんとした柔らかさが指を包む。それと同時に美穂乃の手が動いた。

カウンターのビンタか、あるいは拳が飛んでくる可能性も十分にあると思い警戒していたが、その予測は外れた。股間に膝蹴りを喰らわされることもなかった。

それどころか美穂乃は、自分の胸の上——あごの下あたりまで持ってきた両手を、そこからどこにやっていいのかわからず、ふるふると震わせている。経験済みとは言っていたが、実にうぶな反応だ。少なくとも恭弥以外とセックスしたことはないのだろう。

口元がニヤつくのが自分でもわかった。僕は美穂乃が抵抗しないのを良いことに、指の動きを加速させた。美穂乃の胸に沈んだ十本の指が、乳房全体の形を確かめるように動いた。

「うぅ……」

美穂乃の頬は羞恥と屈辱で真っ赤に染まり、目尻には涙さえ浮かべている。好きでもない男の寝室で半裸を晒して、そいつに胸を揉みしだかれているのだから当然だ。逆にこいつが恥ずかしがれば恥ずかしがるほど、悔しがれば悔しがるほど、僕の下半身はボルテージを上げていく。

グツグツ煮え滾《たぎ》る性欲が、思考を支配していく。

「ん……っ、くぅ……っ」

ある時点から、美穂乃の身体は、僕の指の動きにしっかりとした反応を返すようになった。こいつ的にはせめてマグロを装いたかったに違いないが、若い肉体の内側で渦巻く本能が、それを許さない。

指先から、美穂乃の心臓がドクドクと激しく脈打っているのが伝わってくる。その胸の手触りと温もりを堪能《たんのう》し尽くしてから、僕は美穂乃に命令した。

「ズボンはお前の手で脱がせるんだ」

この世界に召喚される前の僕は、それなりに善良で誠実だったはずだ。しかしこんな台詞を平然と口にできるようになったことに、あらためて自分が堕落したことを実感する。

それとも、僕は元からこういう人間だったのかもしれない。単に気が小さく、社会のルールとか他人の目に縛られていたから、本性を発揮することができなかったってだけだ。それがこの世界で追い詰められて馬脚を現したというところだろう。

でなければ、妹の命を盾に取られた可哀《かわい》そうな幼馴染を足元に跪《ひざまず》かせ、こんな性悪な笑みを浮かべることなんて不可能だ。

美穂乃は悔しさをぐっと噛み殺す表情で、僕のズボンに手をかけた。できるだけ直視しないように目を逸らしていたが、僕はそれを許さなかった。

美穂乃が恐る恐るズボンと下着を下ろしていくと、その下から、焦らされまくって怒張した肉棒がぶるんと勢いよく飛び出した。そいつが放つ蒸れた空気を顔に受けた瞬間、美穂乃の口から引きつった声が漏れた。

「――ひっ!?」

「そこまでビビられると普通に傷つくなぁ。て言うかあいつとセックスしてたんなら、こんなモノくらい見慣れてるだろ」

「で、でも、だって、恭弥のはこんなおっきく――」

「ん?」

「あ……っ」

「ああ、恭弥のはもっと粗末だってことか。っははは」

「っ――! あなただって、昔はもっと小さかったでしょ!?」

「それって幼稚園とか小学校とかの話だよな」

我ながらチョロいものだと思うが、美穂乃の失言から自分にも恭弥に勝っている部分があると知った僕は、間違いなく気をよくしていた。

美穂乃は両手で顔を覆いながらも、指の隙間から、反り返る僕の肉棒を覗《のぞ》いている。

「ほら、興味あるなら触ってみろよ」

「む、無理! こんなの触れるわけない……」

「別に毛虫じゃないんだからさ。――ほら」

「ううう……っ」

美穂乃は、右手だけを恐る恐る伸ばした。そして、細い指先が竿《さお》の部分に触れた瞬間、僕のペニスはビクンと跳ね上がった。

「――きゃっ!?　いまのなんなの？」

「単なる生理現象だよ」

そう答えつつ、僕は思った。

(恭弥とヤったことあるって言ってたけど、こいつそんなにセックスに慣れてないみたいだな)

それは、恭弥なりにこいつのことを大切にしてたって解釈するべきなのか。

だったら都合がいい。

(じゃあ僕がヤリまくって、こいつのマンコを僕のチンポの形に変えてやるよ)

セックスの前にこれほど興奮するのは初めてだが、それも仕方ないだろう。

僕の目の前にいるのは、こっちの世界の売春宿の娼婦なんかじゃない。僕と一緒に元の世界から召喚されてきたクラスメイトの松坂美穂乃だ。こいつにチンポを突っ込むことには、特別な意味がある。

「美穂乃、そのまま触ってみろよ」

「そう言われても……どうしていいかわかんないし」

「手で扱《しご》くとかあるだろ？　自分で考えて、色々やってみろって」

「うう……最悪……」

しかめっ面で愚痴を漏らしつつも、美穂乃は言われた通り、両手を使って僕の竿を扱き始めた。そしてそれだけで、僕の腰にしびれるような快感が走った。

戦いのときには魔物をぶっ飛ばすだけの力を持っているのに、美穂乃の指の感触は、実に繊細で柔らかだった。

「うわ……なんかヌルヌルしたの出てきたし……。これって、興奮してる証拠のやつだよね？」

「そういうのは知ってるんだな。恭弥相手にも、こんな感じで手コキとかしてやってたのか？」

「手、コキ……？　いましてるみたいなののこと？　ううん——……じゃなくて、比べさせないで。恭弥は秋光くんみたいに、私のこと都合のいいエッチの相手みたいに思ってない」

「へぇ、それなのに見捨てられたのか」

僕がそう言うと、美穂乃の手が止まった。

「事実だろ？　あいつは病気になった志穂乃と一緒に、お前を見捨てたんじゃないのか？」

「……恭弥には、恭弥の考えがあるの」

「どんな？」

「それ、は……」

美穂乃は言葉を詰まらせた。

病気の妹と一緒に放り出され、その結果として僕を頼る羽目になり、こういう状況に陥っているにもかかわらず、こいつはまだ恭弥のことを信じている様子だ。単に馬鹿なのか、それとも何か事情があるのか。美穂乃も僕のことを知らないが、僕も、美穂乃たちに何があったのかを詳しくは知らない。

でもそれは、いまは特に考えなくてもいい事柄だ。

「美穂乃、ベッドに上がれよ。……何キョトンとしてるんだよ」

「だ、だって、このまま手で出せばいいじゃない」

「そんなのセックスしたって言えるか？　挿入しないともったいないだろ」

「――あっ」

僕は、美穂乃の手首を掴んで立ち上がらせた。勢い余った美穂乃は、バランスを崩して僕の胸に飛び込んだみたいな体勢になった。ガチガチのうえ、先端から透明な汁を漏らす僕の肉棒が、美穂乃のお腹に押し付けられた。

「んんっ……」

「ひあっ!?」

「手でヌいたくらいで報酬代わりになるとか考えてたんなら、ずいぶん自意識過剰だな」

「ははは、お前の尻めっちゃ揉み心地いいな。きっとマンコのハメ心地もいいんだろうなぁ」

僕は美穂乃の腰を捕まえ自分のほうへ引き寄せながら、ベッドまでの短い距離を移動した。

そして美穂乃をシーツの上に放り投げると、念を押すように同じ言葉を繰り返した。

「さあハメるぞ」

天井を向いてそそり立つ僕の肉棒は、亀頭がパンパンに腫れ上がっていまにも破裂しそうだ。

しばらくヌいていなかったせいで、中身がいっぱいの金玉がずっしり重たくなっている。

「ま、待って司」

ベッドに投げ出された拍子に、腰をくねらせたやけに艶っぽいポーズになった美穂乃が、往《おう》生際《じょうぎわ》の悪さを発揮した。

「司？　秋光くん、じゃないのか？」

「あなた、ちゃんと守ってくれるんでしょうね？　私がエッチさせたら、志穂乃を助けるのを手伝うって約束、本当の本当に守ってくれるのよね？」

「は？」

「あなたを信じていいって証拠は、どこにあるわけ？」

この期に及んで萎えることを言うやつだ。そもそも、アラクニドの巣を攻略したときの報酬を踏み倒そうとしたのは自分のくせに。

（でも、いい傾向なのかもな。他人をホイホイ信用したらいけないって、こいつもようやくわかってきたのか）

そんなふうに、美穂乃が猜疑心《さいぎしん》溢れる態度を見せたことを、僕は逆に喜ぶありさまだった。

しかしそんな僕も、次に美穂乃が口走った台詞にはカチンときた。

「恭弥が私と志穂乃を見捨てたとか言ってるけど、秋光くんこそ、恭弥と私たちを置いてあのお城から逃げたじゃない！」

「……は？」

「ッ……!?」

「そうか、なるほど。……わかったよ」

あとになって思い返せば、このときの僕は冷静じゃなかった。あろうことか僕より恭弥のほうが信頼できると言った美穂乃に、どうしても思い知らせてやりたい気持ちがあった。

「頼りになる恭弥と違って、卑怯で臆病な僕のことは信じられないって言うんだな？　じゃあ、僕と正式に【契約】するか？」

「え？」

「口先だけじゃ信用できないんだろ？　僕も同じさ。お前のことなんか信用できない。――けどもちろん、ただの契約書を交わそうって話じゃない」

「その手に光ってるの、なんなの？」

「ルーンだよ」

美穂乃は、僕の右手の甲に淡く光る紋様を見て沈黙した。

僕がこの世界で与えられた印術の力は、恭弥や他のやつらと比べたら、特に自慢できるようなものじゃない。印術には色々な制限があり、僕が知っている初歩的なルーンでは、できることに限界がある。

ただひとつを例外として。

僕の右手にあるこのルーンこそ、僕が手に入れた本当の固有の力だ。あの城にいたときは、この力の正しい使い道を知らなかったに過ぎない。

「ただのルーンじゃない。こいつは【契約】のルーンだ。相手のことが信じられないなら、こいつを使おうじゃないか」

「契約……？」

美穂乃は僕が右手を差し出しても、単にぼうっとしていた。僕が何をするつもりなのか、まだ呑み込めていない様子だ。

「契約内容を確認しよう。──秋光司は松坂志穂乃を助けるために、松坂美穂乃に協力する」

僕が言葉を紡ぐと、契約を司《つかさど》る文様が徐々にはっきり浮かび上がっていく。

「──その見返りとして、松坂美穂乃は秋光司に身体を差し出す。それだけじゃない。何を命令されても、お前は僕の言いなりだ。絶対に僕を裏切れない」

「…………」

美穂乃は僕が裸で、自分が下着姿であることも忘れて、【契約】のルーンが放つ怪しい魔力の光に見入っていた。

「この契約が続いている限り、僕らはお互い敵対しない。……これでいいか？　契約に同意するなら手を出しな」

美穂乃の手が僕のほうに伸び、ちょうど指切りするときみたいに二人の手が近づいていく。

そしてその手が触れるか触れないかのところまで近づくと、僕は自分から美穂乃の手を捕まえた。


ルーンにかけて誓えと、どこからか声がした。


「僕は、松坂美穂乃と交わした契約を守るって誓うよ。……お前は？」

「私は……私も誓うわ。志穂乃を助けてくれるっていうなら、秋光くんに従うわ」

「……契約成立だな」

そう言うと、僕は美穂乃と繋《つな》いでいた手を離した。

「それだけ？　別に何も変わらないけど……これってなんのおまじないなの」

「…………」

「え？　秋光くん、何か言った？　……何これ。私の中で誰かが何か言ってる……」

さっそく美穂乃に変化が生じた。

「契約を守れ？　それって――」

ルーンを介して流れ込んだ僕の魔力が、美穂乃の肉体と精神の両面に干渉している。

美穂乃は紅潮した肌に汗を浮かべて、息苦しそうに悶《もだ》え始めた。

「ん、はあ……っ」

やたら艶《なま》めかしい呼吸を漏らして、美穂乃はベッドに倒れ込んだ。

「は……っ、はぁ……っ」

「どうしたんだ美穂乃。ひょっとして暑いのか？　じゃあ、涼しくなるように脱がせてやるよ」

僕はとぼけたことを言いながら、美穂乃の身体に覆いかぶさりブラジャーを脱がせた。会話中に萎えかかっていた僕のペニスが、美穂乃の白い乳房と桃色の乳首を目にした瞬間、みるみる硬度を取り戻した。

重力に負けないハリのある乳房。発色のいい桃色の乳首とバランスのいい大きさの乳輪は、思わず見とれてしまうほどだ。体育の時間とかに、下ネタが好きな男子たちは、美穂乃の胸を眺めては、一度は生で拝んでみたいとか揉んでみたいとかいう下世話な噂話をしていたものだ。

僕はそいつらが――いや、そいつらだけじゃなく、僕自身も欲望の対象にしていた美穂乃の巨乳を鷲掴《わしづか》みにした。

「あっん……ふぁ♡」

「さっきよりも敏感になってるみたいだな。乳首も立ってきてるじゃないか」

「やめっ♡　あっ♡　なんでっ、こんな……っ、んぅ……っ♡　や、だぁ……っ♡　先っぽ指でこりこりしないでぇ……っ」

美穂乃は内股を擦り合わせながら、色っぽい声で僕に抗議した。そんな美穂乃の下腹部に、僕の右手の甲にあるのと同じ紋様が、ぼんやりと浮かび上がる。ルーンを介した契約により、僕とこいつのあいだに特別な繋がりが作られた証拠だ。

美穂乃の鼓動はますます速まり、血と共に全身に魔力が巡る。肌にじっとり浮いた汗を、僕は舌で舐めとった。

「は、ぁっ♡」

美穂乃がショーツを身に着けているだけで、あとは全裸で僕らは密着している。僕が美穂乃の上に正面から覆いかぶさっている体勢だ。僕は鷲掴みにしている胸だけじゃなく、美穂乃のお腹に触れているペニスからも、こいつの体温を感じていた。

事ここに至って、僕も小賢しいことは考えられなくなった。こいつを思う存分犯してやれ。頭の中ではそういう声しか聞こえない。美穂乃と同じく僕の体内の血も、これ以上ないほど滾っていた。下手をすれば、こうして胸を揉んでいるだけで射精してしまいそうだ。

僕は、完全に抵抗力を失った美穂乃の身体から、こいつの肌を覆い隠す最後の布切れを脱がせにかかった。

「や、あ……っ」

「そんなに腰くねらせて、早く脱がせて欲しいのか？」

「ち、ちが……——きゃうんっ!?♡」

「こんなに乳首勃起させてるくせに、言い訳しても説得力無いって」

湿ったショーツを足首まで引き下ろした僕は、左手で乳房を弄《いじ》り回しながら、右手を美穂乃の股間に添えた。美穂乃のそこは年相応にアンダーヘアが生えそろっていて、遥か昔の記憶にあるつんつるてんな割れ目とは違う、「女」のものになっていた。

僕の指が秘所に触れると、美穂乃は過剰なくらいの反応を示した。

「はぁっ♡　やっ♡　あっ♡　やだこれっ、あっ、んん～～っ！　あぁっ♡　あっ、あっあっ♡　あーっ！♡　あーっ！♡」

頭の横でシーツを掴み、目と口を大きく開けて、普段より一オクターブ高い声で喚《わめ》きながら、喉をのけ反らす。つま先がシーツに食い込みブリッジみたいな姿勢になって、僕が押さえ込もうとしても腰がすごい力で浮き上がってくる。

美穂乃のあそこは綺麗で、ほとんど処女みたいだった。そこに中指を挿入すると、第一関節が入っただけで、ピンク色の肉ヒダがすさまじい勢いで吸い付いてきた。

「くっ……こんなとこに突っ込んだら、チンポ食いちぎられるんじゃないか？」

「はっ♡　はぁっ♡　はぁっ♡　ひっぐ♡　んぅうっ!?♡」

「そうならないように、たっぷり前戯《ぜんぎ》しとかないとなぁ」

僕はその言葉通り、美穂乃の膣《ちつ》内やクリトリスを指で刺激して感じさせまくった。腋《わき》の下を露わにした美穂乃が、ベッドの上でビクンビクンと身体を跳ねさせる様子は、まるで釣ったばかりの魚みたいだった。こいつがこれだけ感じやすいのは、【契約】のルーンで魔力が活性化しているからだけじゃなく、もともと敏感な体質だからのようだ。

余計に犯すのが楽しみになってきた。

それから小一時間も前戯を続けると、美穂乃はすっかり息絶え絶えになってしまった。

「は……っ、ひはぁ……っ、はぁっ、はぁっ」

溢れそうになった涙で瞳がぼやけ、全身が汗だくだ。あそこの濡れ方もさらにすごい有様になっている。両手足を投げ出した無様な格好なのにそれを取り繕う余裕すらない。

僕は美穂乃の膝を掴んで股を開き、そのあいだに自分の身体を置くと、カウパーが零れる亀頭の先端を、ヒクヒク疼《うず》くマンコの入り口に添えた。

いよいよ僕が挿入しようとすると、完全に力を失ったと思っていた美穂乃の手が、僕の胸を押しとどめた。

「ね、ねぇ司っ、せめてコンドーム……！」

「馬鹿かお前。そんなもの、この世界にあるわけないだろ。このままナマでするからな」

「や、やめて司っ。お願いだからっ！　私、つけないでするのなんてはじめてなのっ。だめ、やめてっ、お願いつかさ、あっ、あっ、あっ、ああ……っ。んんぅ～～……っ！」

「あ～……入ったぁ……！　ははは、このマンコ、めっちゃキツくて熱いな……」

「はっ、はぁっ、はぁっ。んぐっ……。は、入っちゃった。司のおチンチン、入れられちゃった。私、司とエッチしちゃった。ぐすっ……恭弥ぁ……！」

「はははは、僕、美穂乃とセックスしちゃったよ。あ～あ、元の世界じゃそんなチャンス絶対ないって思ってたのになぁ。――ほら美穂乃、見てみろよ。お前の奥に僕のチンポがどんどん入ってくぞ」

「あっ、あっ、あああっ」

取り返しのつかないものを目の当たりにしている声が、美穂乃の口から漏れる。

美穂乃の中は十分に濡れていたが、それでもこいつの膣は狭く、僕のチンポが無理やりメリ込んでいく感じのビジュアルだった。

「んおお……っ!?♡」

僕が腰を押し込むと、美穂乃の身体が弓なりに反った。マンコ全体がざわつくと同時に、入り口のところがカリ首にぎゅうっと噛みついてくる。亀頭の粘膜と膣粘膜が触れ合っている感覚が非常に鮮明で、腰と脳ミソが溶けてしまいそうだ。

「美穂乃、もっと奥まで挿入するから力抜けよ。ほら、深呼吸」

「は……っ、はぁ……っ、すう……はぁ……っ。んくぅ……っ！♡」

「そうそう、その調子だよ。あー……すごいなこれ、奥からも吸い付いてくる。恭弥のやつ、こんな気持ち良いマンコ独り占めしてたのか」

「ダメ、これダメっ。ダメ、ダメ、ダメぇ！　おっ、おねがい、つかさっ。息くるしいのっ！　それ以上ひろげないでっ。おチンチンむりやり奥に入れないでっ。変わっちゃうっ、かたち変わっちゃうからぁっ！」

「僕のを咥《くわ》え込んでるのはお前じゃないか」

「っ……！」

「なあ美穂乃、セックス気持ちいいだろ」

僕がそう尋ねると、美穂乃は涙目で罵倒を繰り返した。

「き、気持ち良くっ、ないっ！　あなたのなんかで、感じるわけ、ないでしょっ！　あっぐ！き、気持ち悪いっ！　気持ち悪いっ！　気持ち悪いっ！　キモいキモいキモいキモいっ！

──ん、あおおおっ!?♡」

「ははは、酷い声だなあ」

僕は美穂乃に罵られつつも、こいつの腰をがっしりと掴んで、ニヤつきながら挿入を続けた。

そして僕は、ついに美穂乃の一番奥に到達した。僕の亀頭が行き止まりに当たって内臓を持ち上げた瞬間、美穂乃の罵声は、ドロドロの蜂蜜を濃縮したみたいな甘ったるい声に変わった。

「あ……っ♡、ああ……♡♡♡」

「全部入ったよ、美穂乃」

「ひあ……♡　あうう……っ♡」

「僕のチンポとお前のマンコが、ぴったりくっついてるのがわかるか？　ちゃんと覚えとけよ。お前は恋人の恭弥じゃなくて、僕と最初に生でハメたんだ」

「……ぐすっ、ひぐっ」

「美穂乃？　……泣いてるのか？」

僕が煽《あお》りに煽り倒すと、美穂乃はついに泣き出した。最後のプライドを守るために、顔の前で両手を交差して、目元だけは僕の目から隠している。けど、震える口元と滂沱《ぼうだ》のごとく流れる涙が頬を濡らす様子は丸見えだった。

「美穂乃……」

僕は態度を改め、神妙な顔で美穂乃に詫《わ》びた。

「……悪かったよ。いくらなんでも調子に乗り過ぎた」

一時的とは言え、これから僕とこいつは協力者《パートナー》になるというのに。さすがに悪ノリが過ぎた。

美穂乃は幼稚園児みたいにぐずりながら、口をパクパクと動かし、僕への恨みの言葉を繰り返してた。

「許さない……絶対許さないから……」

「そんなに怒るなって。な？　美穂乃が気持ち良くなれるように、ちゃんと努力するからさ」

「……ふえ？」

「よっと」

僕は掛け声と共に美穂乃の両脚を抱え込んだ。むっちり引き締まったボリューム感のある太ももは、驚くほど肌がきめ細やかで滑らかだ。唐突に開脚させられた美穂乃は、これから何が起こるのかわからない様子で涙目を白黒させている。

僕は乱暴にならない程度のリズムで、腰を前後に揺すり始めた。

「おっ!?♡　あっ♡　あっ♡あっ♡あっ♡あおっ♡」

途端に、美穂乃の口から卑猥な音色が奏でられる。

「セックスなんだから二人で気持ち良くならないとな。どうだ？　こうやって突かれるの悪くないだろ？」

「やっ♡　あっ♡あっ♡あっ♡あっ♡　これダメっ、あっ♡　おっ♡おっ♡おっ♡おっ♡」

「ははは、やっぱりお前って感じやすいな。このへんが弱点か？」

「んおおおっ!?♡♡♡」

僕は、美穂乃のマンコにずっぽりハメた生チンポを、膣内でリズミカルに往復させた。そうしながらも、美穂乃が感じるポイントを探った。そうやって見つけた弱点を、カリで執拗に擦《こす》ってやると、膣内がきゅうっと引き締まる。

いやいやと、駄々っ子のように身をよじる美穂乃を、僕は身体で押さえ込んだ。

「逃げちゃ駄目だろ美穂乃。なぁ？」

「んおっ♡　おっ♡　おおっ♡　や、やだっ♡　これやだっ♡　そこトントンされると、ヘンな声でちゃうっ。ぐっ、うっ――んおおおっ!?♡」

「本当にマヌケな喘《あえ》ぎ声だなぁ。あ～気持ちいい。せっかくだし、ついでにキスでもするか？」

「イヤっ！」

ピストンされるたびに胸をぶるぶる震わせて、すっかりトロけたように見えた美穂乃だけど、僕が口づけをほのめかすと本気の大声で叫んだ。

「それだけは、ぜったいイヤだから！」

本当に往生際の悪いやつだ。この状況でも、こいつまだ恭弥に操を立てているつもりなのか。少し白けるけれど、まあそうしたいならそうすればいい。キスしなくたってセックスはできる。

僕は引き続き、自分の性器を美穂乃の性器と擦り合わせる感触を思うさま貪《むさぼ》った。

そして、ひとしきり腰を振って射精感を高めると、僕は美穂乃に尋ねた。

「そろそろイキそうだけど、どこに出して欲しい？　このままだと中に射精するぞ？」

「中になんて出したら殺すから！　ぜったい、ぜったい、ぜったい殺してやるから！」

「うわ、マジで殺気出てるじゃないか。わかったよ、外に出してやるよ」

「――ふっ♡　あっぐ♡　いっあ♡　んおっ♡　おっ♡おっ♡おっ♡おっ♡」

カリ首で奥のほうをほじくってやると、美穂乃の脚がつま先までぴんと伸びた。絶頂が近いようだ。どうせなら、こいつと一緒にイってやろう。そのほうが、このセックスは美穂乃の記憶に深く刻み付けられるに違いない。だから僕は目一杯まで射精を我慢した。

二人分の体重を支えている安物のベッドが、可哀そうなくらいギシギシ激しく軋んでいる。

美穂乃は僕によって下半身を持ち上げられ、肩だけをシーツにつける格好になっている。結合部から垂れ落ちた愛液がシーツに染みを作り、部屋全体に淫臭が満ちていった。臆病な卑怯者と馬鹿にしていた僕の身体に組み敷かれ犯される美穂乃は、実に無様で、同時にとても煽《せん》情《じょう》的だった。

あまりにも強い膣の引き締めに僕の限界が近づいた頃、美穂乃の前歯がガチンと閉じた。お腹の奥もざわめき始め、もうすぐイクのだと聞かなくてもわかった。

「お前がイったら僕も射精するぞ」

「ふーっ♡　ふーっ♡　ふーっ♡　――ぐっ」

「我慢しないでイっちゃえよ。ちゃんと外に出すって」

「あっ♡　あっ♡　あっ♡　あっ♡　う、うそっ！　うそに決まってる！」

「本当に信用されてないなぁ。ほら、イケって。イケよ美穂乃！」

「――っ♡　あ～～～～っっっ!?♡♡♡」

やがて美穂乃は顔を腕で隠したまま、盛大に絶頂した。

僕はそれと同時に膣内から肉棒を引き抜くと、力強く脈動するペニスから、濃厚な白濁液を大量に蒔《ま》き散らした。

「ぐ、出る……！　おっ、おおおっ！」

それは思わず悶えてしまうほどの、圧倒的な快楽だった。僕が飛ばした精液は、美穂乃の下腹部からヘソを越えて、みぞおちや胸の谷間、首元のあたりにまで届いた。

美穂乃は美穂乃で、僕に精液をかけられながらイっていた。ビクン、ビクンと跳ねる腰と、ベコベコ凹む腹筋が、こいつが演技でなく本気でイっているのだと証明していた。

「――がっ、はぁっ、はぁっ、はぁっ」

僕はペニスを手でシコっていたが、射精の勢いがいつまでも衰えなかった。

至近距離で星が弾《はじ》けたように視界が真っ白に染まり、薄暗い室内が明るく輝いて見えた。強すぎる快感のあまり動悸がして息が切れる。射精しても射精しても止まらない。命に係わるんじゃないかと思うほどの大量のザーメンが出た。

イキ終わったときには、美穂乃も僕も、四肢に力が入らなくなるくらい疲労困憊《こんぱい》していた。

「あ……ああ……♡」

「はぁっ、はぁ……っ、ふぅ……。我ながら、ドン引きするくらい出たな……」

「うあ……っ♡　あ……♡」

「あー……最高に気持ち良かった」

そう言いつつも、僕のペニスはまだまだ硬度を保っていた。

こんなもんじゃ犯し足りない。いまのセックスだけでは、これまでの働きに対する報酬分にもなっていなかった。金玉の中が空になり、どうやっても勃起しなくなるまで、取り立ては完了しないんだ。

二人の身体に刻まれた【契約】のルーンも、そう言っている。

僕は右手で無造作に美穂乃の胸を掴んだ。この身体はもう僕のモノだと思っているような、傲慢な仕草だった。

「美穂乃、少し休憩したら次ヤるからな。——せいぜい、僕が満足するまで頑張れよ?」

美穂乃が返事をする代わりに、美穂乃の下腹部にある僕の右手と同じ紋様が、ぽうっと魔力の光を放った。

「あっ♡　あっ♡　んあああっ♡」

そのあと僕は、窓の外が白むまで、欲望の赴くままにひたすら美穂乃を犯し続けた。

そして朝になってから、ザーメンまみれの身体で腰をガクガク震わせる美穂乃の隣で、天井を見上げながら初めて思った。

ひょっとしたら、この世界に来て良かったのかもしれないと。

第三話　自由傭兵

（1）

「じゃあ、もう一回初めから聞かせてくれ。そもそも、志穂乃はどうしてこんなふうになったんだ？　何かそういう兆候とか……きっかけみたいなものはあったのか？」

　僕がそう言うと、食卓の椅子に腰かけた美穂乃は、「ええっと……」と言って注意深く自分の記憶を探る表情になった。

　今朝は、僕と美穂乃が【契約】を結んでから二日目の朝だ。行動開始に一日の間を置いたのは、激しくヤリ過ぎたせいで、昨日は美穂乃が完全にへバっていたからだ。僕とセックスした事実を思い返して、こいつがめそめそ凹んだりするシーンもあったが、それはどうでもいい。そんなことよりこれからの話だ。

　適切に報酬が支払われたからには、働きで返す義務がある。僕は改めて、志穂乃が病気になった経緯について美穂乃に尋ねていた。これまで僕は、美穂乃たちの事情に深く立ち入ろうとしなかった。しかし【契約】を履行するためには、志穂乃の病気について詳しく情報を集めるのが先決だ。

しばらく考え込んでから、美穂乃は首を横に振った。

「……思い出せないわ。特に何も無かったと思う。それまでなんともなかったのに、あの日、急に気分が悪いって言い出したの」

「当然、医者には診《み》せたんだよな？」

「うん。でも、ただの風邪だろうって。それでもらった薬を飲んでも、志穂乃は治らなかったわ。熱が下がらなくて、食欲も無くて、どんどん身体《からだ》が弱っていって……。最後はベッドからも起き上がれなくなったの」

台詞《せりふ》の後ろのほうになるにつれ、美穂乃の声は元気を失っていった。それまで健康だった妹が、みるみると衰弱していったときの絶望感を、頭の中で反芻《はんすう》している様子だった。

この世界にも医者はいる。しかし、病気の原因を科学的に究明し、適切な治療を施そうという医療は、僕らの世界のほうがずっと発展していた。

だが同時に、この世界には僕らの世界にはないものが存在する。

「回復魔法は？」

魔法なんてデタラメな力は、当然、元の世界にはなかった。特に回復魔法は、僕らの世界に代替手段が存在しない。火を付けたり何か爆発させたりするのは魔法じゃなくても手段があるが、ちょん切れた腕を再生するなんて芸当は、現代医療でも不可能だ。

ただ、いくらデタラメでも、魔法は奇跡とは違う。正確に言うと、奇跡のような魔法は相応に難易度が高く、使い手も限られる。

志穂乃の治療に魔法を試したのかという僕の問いかけに、美穂乃はうなずいた。

「試したわ。でも、効果は無かったの。恭弥があのお姫様に頼んで、わざわざ偉い魔法使いの人を呼んでもらったのに」

「呼んだ？　あの城の外から？　……清河《きよかわ》さんは？」

僕は、僕らと一緒に召喚された女子の名前を口にした。

清河蛍《ほたる》は、この世界基準で見ても、抜きんでた回復魔法の適性があるという話だったはずだ。

恭弥はともかく、彼女なら志穂乃を見捨てるなんてことはないだろう。

「蛍ちゃんは、志穂乃が病気になったとき、あのお城にいなかったの。越田くんとかと一緒に、遠くの街に行ってたから」

「そうなのか」

僕があの城を離れてから、日数的にはかなりのブランクがある。やっぱり色々と状況が変わっていたようだ。

「それからしばらくして、お医者さんにもしかしたらって言われたの。……志穂乃がかかったのは、異世界から来た私たちだけがかかる、珍しい病気かもしれないって」

確かにその線もある。というより、僕は志穂乃が病気になったと聞いたとき、まずその可能性を思い浮かべた。この世界に僕らが免疫を持たない未知のウィルスや細菌が存在してたって、それは別に驚く話じゃないからだ。

だとすると厄介だった。回復魔法は身体の傷を修復するのは得意だが、疫病には効果が薄いと言われている。たぶん傷を治したり体力を回復させたりするのと、体内に入り込んだ病原菌などの異物を除去するのは、まったく別の話だからだろう。

（しかも、アラクニドの治療薬《ポーション》で完治しなかったってのは……）

なおさら厄介だと僕は思った。女王アラクニドの髄液を素材にした万能薬は、本当なら大抵の病気を治せるはずだったのだ。しかし、症状の進行を食い止めただけで、志穂乃はまだ臥《ふ》せっている。

「恭弥はそれでも諦めないで、一生懸命方法を探してくれたけど……」

「全然無駄だった？」

「……そうよ」

「こっち世界のやつらに勇者とか救世主とか呼ばれて調子に乗ってたくせに、案外あいつも頼りにならないな」

「秋光くんに恭弥の何がわかるのよ」

「わかりたくもないけど、実際お前と志穂乃はあいつに見捨てられたんだろ」

「……違うわ。恭弥は私たちを見捨ててなんかいない」

「そうじゃなきゃ、お前はなんでこんなとこにいるんだよ。なんであいつじゃなくて、僕なんかを頼るんだ？　それとも逆に、お前のほうからあいつを見限ったって言うつもりか？」

「……私のことは好きに言えば。でも恭弥は、この世界の人たちと志穂乃を助けるために、一生懸命、必死に頑張ってたのよ？　なにも知らないくせに、あなたに彼を馬鹿にする資格なんて――」

「資格？」

僕が笑いを消して見つめると、美穂乃は、その場に縫い付けられたように硬直した。

「資格ならあるさ」

そう、あいつを貶《おとし》めるのに資格なんて大層なものが要るとは思わないが、もし必要だというなら、僕以上にその資格を持つ人間などいない。それだけは胸を張って断言できる。

美穂乃はぐっと言葉を詰まらせていたが、その意固地な表情は、信じていた恋人に捨てられたことを、まだ認めることができていない様子だった。

気を取り直して、僕は美穂乃に尋ねた。

「他に何か役立ちそうな情報は？」

「……ない」

「ちょっとでも手がかりが欲しいんだ。むくれてないで、よく思い出せよ」

「そんなこと言われても……別に変なことなんてなかったと思う。寝る部屋は別々だったけど、食事は志穂乃も私と同じものを食べてたわ」

その後も色々尋ねてはみたが、美穂乃からは結局、それ以上有益な情報を引き出すことはできなかった。

「期待外れで悪かったわね」

「期待なんて初めからしてないよ」

「……ふん」

「それより早く食えよ。さっきから一口も食べてないだろ」

一階の食卓にいる僕らの前には、簡単な朝食が置かれている。メニューは井戸水と、保存の利く硬いビスケットと、やたら塩辛くて噛《か》み切りにくいベーコンだ。これがこの家で、僕と美穂乃が向かい合って食べる初めての食事である。

「……聞いていい？　このベーコンの材料ってなんのお肉？」

「別になんだっていいだろ」

「良くないわよ」

ちなみにこの世界にも、僕らが知ってる豚などの家畜は存在する。そうやって異世界の見慣れない動植物の中に、僕らの世界と同じものが交じっているのはどうしてか。その理由はだいたい想像がつく。僕らのような人間が向こうからこっちに来ることができるのだから、動物や草花だって同じことだ。

「こっちじゃ豚は高級品なんだ。文句言うなよな」

「……この食事代も、どうせ『報酬』とか言って、あとで私に払わせるつもりなんでしょ」

「ああ、もちろんさ。ここは僕の家で、お前たちは勝手に転がり込んできた居候《いそうろう》なんだ。食事代や宿代を請求するのは当然だよな？」

「……ホンっと性格悪い」

「食べたくないなら好きにすればいいけど、食べなきゃお前が損するだけだぞ。何しろこれから、僕らはたくさん働かなきゃならないんだ」

そう言うと、美穂乃はブスっとした顔でビスケットをかじり始めた。なんだかんだ背に腹は代えられないってことは、こいつも承知しているはずだ。一時的にせよ僕らは協力することになったわけだし、志穂乃を治す以前に空腹でぶっ倒れたりしたら、それこそ間抜けだ。

栄養補給最優先の質素な食事を腹に納めると、僕は立ち上がった。

「秋光くん、どこ行くの？」

「仕事だよ。……て言うか、僕だけじゃなくてお前も行くんだよ」

「え？」

「志穂乃を治すってことは、それまで生活する必要があるだろ。そのために働いて稼ぐんだよ。そっちのほうも僕の命令に従ってもらうからな」

【契約】のルーンでこいつを縛り付けたことで、僕は自分の指示に従順な、かつ後ろから刺される心配をしなくていい手頃な戦力を手に入れたと見ることもできる。幹旋所《あっせんじょ》でリエラに指摘されたように、単独での仕事には不都合も多かったから、まさに一石二鳥だ。

「行くぞ。さっさと食べて準備しろよ」

「ちょっ、ちょっと秋光くん！」

僕は僕で自分の準備を整えるために、美穂乃に背を向けて自室に移動した。

「――もうっ！」

美穂乃が憤慨する声が背中から追いかけてきたが、僕はそれを無視してドアを閉じた。

§

「志穂乃の様子は？」

僕に遅れて十分以上も経《た》ち、ようやく家から出てきた美穂乃に、僕はそう尋ねた。

「……いまは寝てたわ。少しくらいなら、一人にしても大丈夫だと思う」

「そうか。じゃあ行こう」

今日の空は少し曇っているが、雨は降らないだろう。これから幹旋所に向かうつもりだが、その前に僕は、玄関のドアにちょっとした仕掛けを施した。

「秋光くん、もしかして魔法使った？」

屋外で聞く美穂乃の声は、そこまで重たい空気を帯びていない。報酬として僕に自分の身体を差し出してしまったことについて、こいつがもっと引きずる可能性もあると思っていた。しかしある程度割り切ったようだ。

人間はどんな状況でも慣れる。それは僕にも覚えがある。

（どっちにしても、大人しくついてきてくれるのは助かるな……）

そう思ってから、僕は美穂乃の質問に答えることにした。ある程度親切にしてやっても構わないだろう。

「ああ、単なる泥棒避《よ》けだよ」

「えっ、泥棒が出るの？」

「出るに決まってるさ」

ここは夜中に一人で出歩いても犯罪に遭う心配すらなかった僕らの故郷とは違う。一見穏やかに見えるこの街でも、盗み程度は日常茶飯事だ。

「なんか、ドアの取っ手のとこにぼんやり印《しるし》があるように見えるけど……」

「下手に触るなよ。爆発するぞ」

「いま、爆発するって言った？」

ルーンに向かって人差し指を伸ばしかけていた美穂乃は、僕の言葉でピタッと固まった。ドアに描かれた文様は、僕がアラクニドの女王を吹っ飛ばしたのと同じ【爆破】のルーンだ。そのときのことを思い出しているのか、美穂乃は露骨に顔をしかめた。

「無理やりドアをこじ開けようとしたらルーンが発動するけど、ちょっと触ったりするくらいなら問題ないさ。それに、もし引っ掛かっても、せいぜい大怪我《おおけが》する程度だよ」

「それって……やり過ぎなんじゃ」

「やり過ぎ？」

そのとき僕は、別にとぼけようとしたわけじゃなく、素で美穂乃に聞き返した。

こいつが眉をひそめた理由を、本気で理解することができなかったのだ。

人の財産を盗もうとするような輩《やから》は、手首から先を吹っ飛ばされるくらいのリスクを負ってしかるべきだ。その感覚が、僕にとっては当たり前になってしまっていた。

僕は少し考えて、ようやく自分と美穂乃のあいだに存在する「ずれ」に気付いた。

「じゃあ、やめとくか？　それで僕らが留守のあいだに泥棒が入って、志穂乃がどうにかなってもお前の責任だからな？」

「…………」

「泥棒の心配なんてしてる場合か？　余計な口出しする前に、何が大切なのかよく考えろよ」

僕がそう言うと、美穂乃の口から文句は出て来なくなった。

そんな美穂乃の横をすり抜けて歩き始めると、美穂乃は何歩か遅れて僕の後ろについてきた。

「これからどこに行くの？」

「斡旋所さ」

「……斡旋所って？」

「僕みたいな自由傭兵に仕事を紹介してる、元の世界のハローワークみたいなもんだよ。アラクニドの巣に行く前に寄ったろ？」

「もしかして、あの綺麗な魔族の女の人がいるところ？」

「……そうだよ」

「ふ～ん……。じゃあ、じゆうようへい？　ってなに？」

いちいちものを知らなくて説明が面倒臭い。しかし我慢することにした。こいつを都合よく利用すると決めた以上、最低限の常識を身に付けてもらい足を引っ張らないようにさせるのは大切だ。僕は移動しがてら、自由傭兵と斡旋所の仕組みや、この街の基本的な情報について美穂乃に教えてやった。

そしてついでに、志穂乃の治療に関するおおよその見通しについても。

「――薬師《くすし》？」

「ああ。アラクニドの治療薬《ポーション》は、僕らが手に入れられる中じゃ間違いなく最高レベルの万能薬だったんだ。あれで志穂乃を完治させられないってことは、専用の薬を調合してもらわないと」

「……この街のお医者さんに診てもらうのは？」

その尋ね方は、美穂乃自身も、駄目だとわかって僕に聞いている感じだった。

「あの城の医者で駄目だったんだろ？　じゃあ無駄だ。それよりも……」

普通の街医者でどうこうできる病気なら、こんな状況に陥る前にとっくに解決しているはずだ。普通なら見つからない高度な技能《スキル》を持つ誰かを探す必要がある。

石と漆喰《しっくい》の建物が並ぶエイギーユの街の表通りには、相変わらず、魔族を中心とした多様な人種が行き交っている。

「あんまりキョロキョロするなよ。前見て歩きな」

「そんなこと言われても、モンスターだって歩いてるし……」

「モンスター？　魔物はこの街には入れないさ」

「じゃあ、あれは？　立って歩いてるモグラみたいなの」

「あれはモグラじゃなくて、モーラー族っていう……まあ、ああいう人種だよ。鉱山街とかに行けば、ここよりもっとたくさんいる。採掘した鉱石を売りにきたんじゃないか？」

「おっきな鳥が屋台でお魚売ってる……」

美穂乃はすれ違う異人種を、いちいち不安そうな表情で振り返って見ていた。

まるで、初めて動物園を訪れた小学生だ。前を歩いているのが僕ではなく恭弥だったら、背中にすがりつくか手を伸ばして服の裾《すそ》を掴《つか》んでいたんじゃないだろうか。そんな美穂乃に僕は言った。

「だから前見て歩けって、この街で珍獣扱いされるとしたら、むしろ僕らのほうなんだからな」

美穂乃が周囲を見回すと同時に、僕らにもさりげない視線が集まっている。僕一人で行動するときはここまでじゃない。

（これじゃ歩くのも面倒だ。やっぱりこいつにも、最低限の知識は仕込まないとな……）

なんだかため息をつきたくなった。

僕は美穂乃とは逆に、ほとんど前だけを見て斡旋所までの最短経路を歩いた。


「――ではアキミツさん。そちらのミホノさんも、この街の自由傭兵として登録するということでよろしいですね？　同時にミホノさんと協力者《パートナー》として契約を結ぶと」

「はい、よろしくお願いしますリエラさん」

「承知しました。ミホノさんの登録にあたり、本来なら仮期間を設けるところですが、特例で免除にしておきます。アキミツさんの紹介ですし、先日のアラクニド討伐にミホノさんも同行されたということなら、実力は十分証明されていますから」

そう言いながら、受付職員のリエラは、羽ペンをすらすらと動かしている。

つい先日、誰とも組むつもりはないみたいなことを言っておきながら、その舌の根も乾かないうちに美穂乃を協力者《パートナー》にした僕に、リエラは特に何もコメントしなかった。彼女はいつものように淡々と手続きを進めている。

「これで私も、その自由傭兵っていうのになったの？」

「ああ、お前も僕と同じってわけだな」

背後から口を挟んできた美穂乃のほうを振り返り、僕は言った。

「これからいつでもここに来て、仕事を探せるよ」

ふと、僕はこいつに親切にし過ぎているんじゃないかと思った。

いまのたった数分で終わったこの登録の手続き方法を見つけるまでに、僕が繰り返してきた挫折と失敗の量が思い浮かんだからだ。これで美穂乃は、その気になれば僕抜きでも生計を立てることができるようになった。そのありがたさを、こいつは理解しているだろうか。

僕の実体験から言っても、異世界でもっとも大変なのは、まともな屋根のある寝床を手に入れて、日々の食費を稼ぐ手段を見つけることだ。

せめて厭味《いやみ》ったらしく、僕は言った。

「だからっていまさら【契約】を無しにできると思うなよ」

「む……」

「あれはいったん結んだら、そう簡単に破棄できるもんじゃないんだ」

それは美穂乃にとってだけでなく、僕自身にとってもだ。

美穂乃はぐっと唇を噛みしめただけで、何も言わなかった。

こいつには生活費を稼ぐ以外にも、志穂乃の薬に関する情報を得るという目的がある。そう簡単に僕の協力を手放せるくらいなら、こいつだって、あんな搾取まがいの不利な契約に同意したりしない。

ともかく、これで晴れて僕とこいつは協力者《パートナー》となった。

これまで僕はずっとソロで依頼を引き受けてきたが、美穂乃がいれば、まあまあ困難でそのぶん報酬のいい仕事にも手を出せるだろう。

美穂乃は世間知らずだが、戦力としては掛け値なしに上等だ。そもそも僕の印術の恩寵《ギフト》は、前衛で戦うのにそれほど向いていない。その点、格闘戦に特化した恩寵《ギフト》を持つこいつは壁役にぴったりだった。

協力者《パートナー》と言いながら、カウンターの前でにらみ合って見るからに険悪な雰囲気を放つ僕と美穂乃に対し、リエラは動じない表情で声をかけた。

「ではアキミツさん、ミホノさん。お二人で最初に引き受ける依頼を選んでいただけますか？」

§

「うっ、あ……♡　はぁ……♡」

「美穂乃、いつまでへバってんだよ。それ僕のベッドだってわかってるか？」

何もかも丸出しの全裸で、水の入った木のカップを手にした僕は、それで喉を潤してから美穂乃に声をかけた。ベッドにうつ伏せに寝そべった美穂乃も、やはり全裸だ。僕らはさっきまで、この部屋で動物みたいに交わっていた。

複数回射精した直後のペニスは萎え、女体とのセックスで存分に性欲を発散できた爽快感だけが僕の身体に残っている。しかし女である美穂乃は、まだ快楽の余韻に囚われ、そこから降りてくることができなくなっていた。

「なあ、お前も水飲むか？　おい。……まあいいか」

僕は美穂乃に呼びかけるのをやめ、テーブル上のピッチャーからカップにもう一杯水を注ぎ、それを飲んだ。

「……ふう」

美穂乃を【契約】で縛り付けたと言っても、それでいきなり難易度の高い依頼に挑むほど無謀じゃない。美穂乃がちゃんと指示を聞くかどうか確かめるためにも、まずはごく簡単な、街の近くに棲《す》み付いた低級の魔物を駆除する仕事を引き受けた。

結論として今日の仕事は上首尾に終わり、二人ともかすり傷一つ負わず帰ってこられた。夕方までに街に戻り、斡旋所できっちり報酬も受領することができた。

僕は今日の戦いを振り返りながらベッドに腰かけた。

(僕と美穂乃の戦闘スタイル……想像以上に相性が良かったな)

美穂乃はやたら敵の群れに正面から突っ込みたがる癖がある。しかし僕の指示でそれを抑えることができた。僕は美穂乃より少し下がった位置から印術で支援を行い、ときには剣で美穂乃の死角をカバーした。これなら次回は敵の力量《レベル》を上げてもいいだろうと思えた。

ちなみに今日の報酬は、夕飯の食材に変わった。あの程度の敵を倒しても、パンとスープの材料を買うのでやっとなんだと教えてやるために、僕は美穂乃の目の前で買い物をした。

志穂乃を治すための薬が金額に換算していくらになるのか。それだけ稼ぐためにはどれだけ大量の魔物を倒さなければならないのか。——そういったことを想像し、美穂乃は浮かない顔をしていた。

しかし僕的には、滑り出しは順調だった。

今日の仕事が無事に終わった祝いとして、僕は夜に美穂乃を抱いた。美穂乃から服を剥ぎ取って、勃起チンポをマンコにぶち込んで犯し、射精したザーメンを身体中にぶっかけた。最初は感じないよう頑張っていた美穂乃も、やがて激しく喘《あえ》ぎヨガり、最終的には意識が途切れるくらい本気で絶頂していた。

ルーンを介した契約行為としてのセックスがこれほど気持ちいいとは、僕にとっても予想外だった。

【契約】のルーン。これは僕が持っている他の低級ルーンとは違う、特別な代物だ。その名の通り契約を結び、それを守らせることに特化している。

この世界に喚《よ》び出されたとき、僕はこのルーンしか持っていなかった。そしてこいつをどう活用すれば良いのかもわかっていなかった。こいつは単に契約を守らせるだけの力しかないし、そもそも相手が同意しなければ契約自体成り立たない。

しかし使い方次第では、あらゆる相手から色々なものを搾取することが可能だ。

ちょうど美穂乃が、僕に犯されて足腰立たなくなっているように。

「んっ……♡　はぁ……♡　はぁ……♡」

美穂乃の艶めいた声に反応して、僕の肉棒がむくむく硬度を取り戻していく。僕は犯したくなったらいつでもこいつを犯していい。志穂乃を治療するための手伝いをしているあいだは、それが僕の当然の権利だ。

僕はベッドに上がると、うつ伏せの美穂乃のお尻を掴んで左右に広げた。マンコもお尻の穴も丸見えで、僕のチンポが挿入されるのを待っているようにさえ見えた。

僕は美穂乃の許可を求めようともせず、ピンク色の割れ目に亀頭を添えた。

「ん、あぁあ……っ！♡♡」

　美穂乃の中に僕のチンポがずぶずぶと埋まっていく。こいつのマンコはオナニーで抜くのが馬鹿馬鹿しくなるくらい極上の挿《い》れ心地だ。ねっとり絡みついてくる肉ヒダが、美穂乃の意志とは無関係に射精を全力でねだっていた。

　僕は美穂乃の背後で腕立て伏せするような寝バックの体位で、腰を前後に往復させたりグリグリとグラインドさせたりした。そして射精感を限界まで高めてから、美穂乃の背中に精液をぶっかけた。

「ぐす……っ。恭弥ぁ……」

　僕が気持ち良くザーメンを吐き出していると、美穂乃が恭弥を呼ぶ涙声が聞こえた。それで余計に興奮した僕は、美穂乃の首筋や肩回りにキスマークを何個も付けていった。

「ごめん……ごめんなさい恭弥……。ああ……っ♡」


　その次の日も、僕は美穂乃を連れて魔物退治に向かった。

「美穂乃！　右の奥のほうから来てるぞ！」

「わかってる！」

　討伐対象の力量《レベル》は前日より少し上げた。それでも美穂乃には余裕があった。格闘士の技能《スキル》によって大幅に強化された瞬発力で瞬《まばた》きの間に魔物との距離を詰めると、拳や膝を使い敵を一方的にぶちのめしていた。

美穂乃が志穂乃をナンパしていた質《たち》の悪い不良たちに囲まれて、逆にそいつらをボコり返したというのは、中学校の頃のこいつの伝説だ。それは、そのとき既に美穂乃たちと疎遠になっていた僕の耳にさえ届いた。

ちなみに、あとで復讐《ふくしゅう》に来た不良のリーダーに負けそうになって、そこを恭弥に助けられたというのもおまけで聞いている。

美穂乃たちと疎遠になってから友人を作ることができず、そういう噂《うわさ》に交ざることもできなかった僕は、それでも暴力はいけないよな――なんて思いつつ、その事件をきっかけに親密さを増した美穂乃と恭弥のことを、羨望のまなざしで眺めていた。

馬鹿な話だ。

「これで全部片付いたな。討伐の証拠にこいつらの耳を持ち帰ろう。美穂乃は周りを見張っててくれ」

「……うん」

自由傭兵が依頼達成を証明するためには原始的な方法を使う。魔物の身体の一部を持ち帰れば、倒したと認められるシステムだ。僕は剣を鞘《さや》にしまいナイフを抜いて、やせ細った猿のような魔物から手早く耳をそぎ落としていった。

こういうのにも最初は抵抗感があったが、いまは特に何も感じない。ニヒルを気取っているわけではなく、生き物の命を奪うことに無感動になるのも、生き残るために必要な一種の技能《スキル》だ。

「美穂乃、こいつまだ息があるじゃないか。しっかりしてくれよな」

魔物の首に足を置き体重をかけると、メキッと鈍い音がした。

「……っ」

僕が見ていないと思っているのか、美穂乃が顔をそむけた。

「よし、と。帰るぞ美穂乃」

「……わかった」

「今日の仕事の報酬があれば、志穂乃に飲ませる栄養剤くらいは買えるかもしれないな。どっかで安く売ってないかエイギーユの店を見て回ろう」

「それより薬を調合してもらうっていう話はどうなったの？」

「そっちもちゃんと考えてるさ。でも時間がかかるんだ。志穂乃はほとんど食事できないんだし、それまで別の方法で時間稼ぎしなくちゃ」

【爆破】のルーンで半壊した死骸の一つが、血と肉の焦げた生々しい異臭を放っていた。

そしてその日も、僕は家に帰ってから美穂乃を犯した。

「──あっ♡♡　あっ、あっ、あっ、あっ、あんっ♡　あっ♡　あああっ♡　あっ♡　あっ

♡」

僕の寝室で、壁に手を突いた美穂乃のマンコを後ろから突き上げてやった。最初のセックスからずっと、こいつは僕にヤラれている顔を見られるのと、キスされるのをとても嫌がる。だからいっそバックから犯してやることにした。動物みたいに後ろからえぐってやるほうが、征服感が高まるのもあった。

「あっん♡　イっ、くううっ♡」

胸を前後に震わせて喘いでいた美穂乃の膝が、カクカクと頼りなく震えた。それでも僕は美穂乃の腰を掴んで無理やり立たせ、お構いなしにピストンを続けた。

志穂乃の栄養剤を無事買うことができ、夕飯にパンとスープ以外にもう一品追加することができた見返りとして、僕はこいつを犯しに犯し抜いた。僕は素直にこの快感を愉しんでいるが、美穂乃のほうも、絶頂で頭を真っ白にして昼間の嫌な記憶を塗りつぶそうとしている気配があった。

その次の日も、そしてそのまた次の日も、僕と美穂乃は自由傭兵として働き、夜は爛《ただ》れたセックスの快楽に溺れた。そのたびに美穂乃の中で何かが変わっていくのが、肌を合わせ性器の粘膜を触れ合わせている僕にはよくわかった。

この歪《いびつ》な協力関係がいつまで続くかわからないが、こうやってあいつの大切なモノをぶっ壊してやるのは、とてもとても楽しかった。

そんな生活がしばらく続き――あるいはこのままずっと続いていくんじゃないかと思い始めた頃、僕らは斡旋所で、リエラからある仕事を持ち掛けられた。

「アキミツさん、ミホノさん、お越しいただいて早速で恐縮ですが、お二人に至急依頼したいことがあります」

田舎町であるエイギーユの斡旋所は、登録している自由傭兵の数が少ない。単に仕事目当てなら、みんなもっと栄えている大きな都市に行くからだ。――逆に、この地域では少数人種の僕が安定して依頼を紹介してもらえるのは、自由傭兵の数が少ないからだとも言える。

そのエイギーユの斡旋所に、その日はなんとなく慌ただしい不穏な空気が流れていた。

リエラもいつもより早口で、片眼鏡《モノクル》の向こうの切れ長の目が険しかった。

「依頼の内容を聞いてから断ってくださっても構いません。しかし引き受けていただけると、我々としては非常に助かります」

こういう前置きがある時点で、何か斡旋所にとって非常事態が起きているのだということは明らかだった。

「どんな仕事ですか」

「追跡依頼です。先ほどヴェロンドから協力要請がありました」

美穂乃が「ヴェロンド?」と首を傾《かし》げた。それはエイギーユから街道を行った先にある都市の名だ。エイギーユよりかなり繁栄していて、そこを本拠地にしている自由傭兵の数は多い。

「この件にはヴェロンドからも傭兵が派遣されています。――しかし可能なら、この件はこの斡旋所に所属する傭兵の手で解決したいのです。それはあくまでこちら側の事情ですが……いかがでしょうか？」

リエラは片眼鏡《モノクル》の向こうの目を僕に向け、返答を待っている。

（追跡依頼か。ってことは……）

自由傭兵の世界でその言葉が意味するものを、僕は当然知っている。

だが、美穂乃は別だ。

そっちを見ると、美穂乃は状況が呑《の》み込めていない様子で戸惑っていた。

「な、何？　秋光くん、なんか怖い顔してない？　……良くわからないけど、仕事なのよね？　引き受けるの？」

「…………」

「もちろん報酬は普段より上乗せさせていただきますし、諸経費が生じた場合は斡旋所が負担いたします」

美穂乃とリエラの視線に挟まれながら、僕はしばし黙考した。

「ところでリエラさん」

「はい」

「このまえ僕が頼んだ件はどうなりましたか？」

「……そちらのほうも、この依頼を解決していただければ最優先で」

つまり報酬が入る以外にも、斡旋所に対する貸しにできるというわけだ。

メリットは大きい。僕はそう判断した。

「わかりました。引き受けます」

「ありがとうございます。いつ出発できるでしょうか」

「いますぐ――……いや、一回戻って準備してからでいいですか」

「はい」

「行くぞ美穂乃」

「えっ。……ホント、いっつも急なんだから」

一方で、僕とリエラのやり取りの意味がわからない美穂乃は不満そうにしていた。

（２）

この世界では、壁や柵や堀で守られた街から離れる際には、相当の覚悟と用意をする必要がある。どんなに小さな子どもでも、街の外に行くときには、ナイフの一本くらいは携帯するのがこの世界の常識だ。

その理由は単純に、街の外には魔物が徘徊《はいかい》しているからだ。

一口に魔物と言っても、実際には色んなのがいる。獣型、植物型、昆虫型などの見てすぐ生き物だとわかるやつ。実体を持たない幽霊やゾンビのようなアンデッド。岩や泥や金属などの無機物や、風や光なんかの現象も魔物になりうる。

つまり魔物というのは生物学的な分類じゃない。要するに、人や魔族なんかの「文明的で知的な生物」に害を与える危険種を、ざっくり魔物と呼んでいるだけだ。

魔物が存在することが、この世界の弱肉強食の理《ことわり》に拍車をかけていた。街の外で襲われてあっけなく死にたくなかったら、入念な準備をする以外にできることはない。

僕愛用の革鎧《かわよろい》は、服の上からパーツごとに身に着けるタイプのやつだ。心臓と腹を保護する胴部分を頭から被《かぶ》り、そのあとに肩当てや籠手《こて》をはめていく。この籠手には、小型のバックラーを装着することもできる。

手にグローブを着け、すねまで届くブーツのヒモを締める。腰のベルトには、剣の鞘や小物を入れるポーチを装着する。予備武器のナイフも何本か持っておく。刃物は使ったら念入りに研ぐようにしているから、刀身には汚れも刃こぼれも浮いていない。

僕はあらゆる準備を終えると、忘れているものがないかもう一度チェックし、最後にベッドに座って目を閉じた。

「…………」

深い呼吸を繰り返し、心の中で念じる。

（……大丈夫）

（大丈夫さ）

僕は、生きてここに戻ってくる。

臆病でお人好しで、人に利用されるばかりの秋光司は、もうどこにもいない。そんなやつはとっくにくたばった。もし次に死ぬとしたら、それは僕じゃない。

「……よし」

目を開くと立ち上がり、部屋のドアを開ける。

ここまでは、自由傭兵になった頃から続けているルーティーンだ。——いつもなら、このあとそのまま家を出てからは、帰ってくるまで余計なことは考えない。

しかしこの家には、少し前から僕のルーティーンを邪魔するやつがいる。

「準備は？」

僕は部屋の前で待っていた美穂乃に声をかけた。

「……できてるわ」

「よし、じゃあ行こう」

仕事中に指示を出すのは僕で、美穂乃はそれに従うだけだ。どの案件を受けるかも僕が決める。今日まで二人でこなした仕事の中でもそれは徹底していた。こいつが不満な顔つきをしていようが関係ない。

しかも今回の依頼は特殊で、速度を要求されている。標的をこちらから追跡し、討伐しなければならない。

時刻はまだ昼前だ。僕は美穂乃を連れて街を囲む市壁の門をめざした。

「ちょっと待てお前ら。そこで止まれ」

ところが、いつも素通りできる門のところで、僕らは魔族の衛兵に呼び止められた。

「いま通行制限中だ。身分を証明できるものを見せろ」

街によってスタンスは色々だが、このエイギーユの街は基本的に来るもの拒まずだ。往来する者たちをいつもやる気がなさそうに見送っている衛兵が、今日に限ってそう言った。

通行を制限しなければならない何かが起きたのか、それとも単に人間である僕らへの嫌がらせか。どっちみち押し問答する暇はない。僕は自由傭兵の登録証を見せた。自由傭兵になったらもらえる登録証は、首から下げる金属製のドッグタグみたいな品だ。

「どうぞ」

「人間の自由傭兵か……。そっちの娘は？」

「は、はい。私もそうです」

美穂乃はそう言いながら、胸元から傭兵の証《あかし》を取り出して見せた。

「……ふん、通っていいぞ」

今回は、リエラから正式な通行許可書を預かっている。しかしそれを見せるまでもなく、門番は僕らを通過させた。僕らに冷ややかな目を向けながらあごをしゃくった門番の横を通り抜けて、僕と美穂乃はエイギーユの壁の外に出た。

門番の視線は、そのあともしばらく僕らの背中を追いかけていたようだ。

「何かあったのかしら」

「…………」

「私たちが引き受けた仕事と関係あるの？」

「…………」

「いちいち私なんかに教えないっていうこと？」

街の周囲には畑が広がっている。近くの川から引かれた水路が張り巡らされていて、粉ひきのための水車や風車もところどころにある。これだけ見れば元の世界にもどこかにこんな風景の場所があるかもしれない。

しかし、麦わら帽子をかぶった農夫の頭に角が生えていたり、牛とは違う毛の長いバッファローのような家畜が犂《すき》を引いていたりと、「異世界」は僕を逃がそうとしてくれない。

僕自身も使い古しの革鎧や革のブーツを身に着けて、腰には剣を佩《は》いている。これがコスプレならどんなに良かっただろう。

街の門が遥《はる》か後方になった頃、美穂乃がもう一度声をかけてきた。

「秋光くん、私たちはこれからどこに行くの？」

「…………」

「……何をしに行くの？」

「追跡依頼だってリエラが言ってたろ」

「それだけじゃわからないわ」

「わからないのはお前の勝手さ。……けどまあ、そんなに言うなら説明してやるよ」

僕は立ち止まって美穂乃を振り返った。

街道の両脇には草原が広がっている。

「これから僕らは裏切り者を捕まえに行くのさ」

「……やっぱり。モンスターと戦うんじゃないのね」

「ああ。ヴェロンドっていうこの街道をずっと行ったとこにある街で、僕らみたいな自由傭兵が契約違反して逃げ出したんだ」

「契約違反って……」

「僕たちが結んだ【契約】じゃなくて、普通の契約のことだよ。美穂乃、お前も斡旋所でサインしたじゃないか」

そう言うと、僕はまた歩き始めた。

自由傭兵は、この世界の魔族だけじゃなく人間の支配地域にもあるシステムだ。重大な前科があるとかじゃなければ、ほとんど誰でも傭兵になることができる。

傭兵になれば仕事を受けられるし、斡旋所がある程度の身分保障もしてくれる。――しかし当然、そこには一定の制約がある。

「そいつはたぶん、依頼者を裏切ったか仲間割れで他の自由傭兵を傷つけたりでもしたんじゃないかな。……なんにしても裏切り者には身内でケジメをつけるのが流儀なんだってさ」

「………」

「それと、リエラたちがエイギーユの斡旋所に所属してる傭兵に捕まえさせたがってたのは、ヴェロンドの斡旋所に貸しを作りたかったからだろうな。リエラたちはあそこと色々あるらしいし」

貸し借りは大切である。美穂乃やかつての僕のように、誰かに無償で助けてもらいたがるっていうのは、とても一方的で虫のいい話だ。

「そう嫌な顔するなって。ギブアンドテイクってやつだよ。この依頼を達成すれば、僕らも斡旋所に一つ貸しを作れる。普通の依頼じゃなかなかそうはいかない」

「でも、相手がモンスターじゃないのに……」

「逆に魔物ならいいのか？」

魔物相手なら戦って殺しても構わないと考えるのは傲慢だ。この世界が弱肉強食の原理で作られている以上、どんな生き物でもそこから逃れられない。弱いやつ、隙を見せたやつが食いものにされる。

「だからそんな顔するなって。お前にとってもこの話は得なんだ。志穂乃の話も、これで一気に進むかもしれないんだからさ」

「この話と志穂乃になんの関係があるの？」

「志穂乃の薬を調合できるやつに心当たりはあるのかって、前に僕に聞いたよな」

「うん」

「そいつならあそこに住んでる」

僕は自分の背中越しに、街道のこれまで歩いてきたほうを指さした。

その先には、もうすっかり小さくなったが、エイギーユ領主の城が見える。

「ここの領主が、僕らが探してる高度な調薬技能《スキル》の持ち主なのさ」

「何それ……どうして黙ってたの？」

僕がそれを伝えると、案の定、美穂乃は怒った。

「いま教えてやったろ。それに、先に教えてたら何か変わったのかよ」

「そしたらすぐお城に志穂乃を連れていって、治してくださいってお願いしたわ！」

「聞いてくれるわけないさ。それ以前に会ってもくれない。相手は魔族でしかも貴族なんだ。得体の知れない人間の僕らにホイホイ面会するわけないし、知り合いの病気を治してくれなんて頼んだところで無駄に決まってる。——なあ美穂乃、利用価値のないお前に、誰もタダで協力なんてしてくれないんだ。そういうことといい加減わかれよな」

僕はその言葉を、珍しく真面目に美穂乃に伝えたつもりだ。

僕らをこの世界に召喚したやつらには、やつらなりの目的があった。

僕を裏切った恭弥には、恭弥なりの思惑があった。

僕があいつらに殺されかけたのは、全部そのためだ。

それを許すつもりはない。しかし甘ちゃんだったのは僕のほうなんだと、いまでは理解できる。——そう、結局この世界では、みんな自分のために生きてるんだ。単純にそれだけの話である。美穂乃みたいにいちいち騒ぐことじゃない。

「……秋光くんが言いたいことはわかったわ」

美穂乃は僕への憤《いきどお》りを、深い呼吸を繰り返すことでどうにか抑え込んだ。

「でも、私は……」

「この仕事でリエラたちに貸しを作れば、斡旋所が領主との面会を取り次いでくれる。そこから先は交渉次第だ。でも領主に会うことはできる。魔物以外が相手でも、お前が一生懸命働かなきゃならない理由はそれで十分だろ?」

「…………」

「それに早とちりするなよな。誰も絶対に殺さなきゃいけないなんて言ってないさ。相手が抵抗しなきゃそれで――」

「え？」

「……？　なんだよその反応」

僕はてっきり、いま追っている対象を殺さずに済むと知って、美穂乃が拍子抜けしたのだと思った。――だが違っていた。

「……殺す？　秋光くんが？」

振り向いて美穂乃の顔を見ると、こいつは僕らが再会してからこれまでで一番愕然《がくぜん》とした表情をしていた。

「……なんだよ」

「殺すとか、利用するとか……そんなことばっかり。昔のあなたはそんなんじゃなかったのに」

「ああ、そうかもな。けど昔の話だろ？」

いまの僕は、美穂乃が知っていた臆病者の秋光司じゃない。

「説明してやったんだから、これで納得したろ？　時間の無駄だしとっとと行こう。今日中にカタをつけなきゃ、志穂乃の看病できなくなるぞ」

「……その相手が逃げた場所なんてわかるの？」

「まあだいたいね。そういうのはリエラが得意だからさ」

そこからしばらくのあいだ、道中で僕も美穂乃も一言も発さなかった。

およそ二時間後、街道が二股にわかれている地点で、僕は久しぶりに口を開いた。

「こっちの道に行くぞ」

「道って……何もないように見えるんだけど」

それはずっと昔に使われなくなった旧道だ。わずかに石畳の痕跡が残っている以外は、雑草が生い茂り草むらとほぼ変わらない状態だ。

「森の中に入るの？」

「リエラの情報が正しかったら、そいつはこの奥に逃げた。不意を打たれないように警戒しろよ。相手も追手が来るって予想してるはずだ」

「……本当に捕まえるだけなのよね？」

「向こうがすんなり捕まってくれるならね」

「…………」

依頼対象が魔物じゃないことに、こいつはまだ納得していない。

それは表情を見れば良くわかる。

僕の剣の鞘の留め具は、いつでも抜けるように既に外してあった。

「なんならここで、お前だけ引き返すか？　ついでにそのまま恭弥のとこに帰れよ。足を引っ張る妹の命なんか見捨ててさ。……これが最後のチャンスだぞ？　いまなら僕も引き止めたりしない」

「嫌よ」

美穂乃は即答した。

「それだけは死んでも嫌」

僕は変わったが、こいつのこういうところは変わらない。

強情でわがままで、肝心なところで僕の言うことを聞かない。損するとわかっていて、どうしてこんな意地を張るんだ。

美穂乃の説得を諦めた僕は、投げやりにつぶやいた。

「……そっか。じゃあ好きにしろよ」

そして僕と美穂乃は、獣道と見分けがつかなくなった古い道を、鬱蒼《うっそう》と茂る森のほうに向かって歩き始めた。

（3）

罪を犯して人里に居られなくなったから、権力の及ばない森に逃げ込む。その心理は、理解できなくもない。だがそれは、危険な魔物が跋扈《ばっこ》するこの世界では、僕らの世界において同じことをするよりも、数段無謀な考えだった。

ある程度の人数を擁《よう》する盗賊集団が、こういう森を根城にするというのならまだわかる。実際、僕はこの世界に来てから、そういう集団が都市や村に与える被害の話を、何度も何度も耳にしてきた。でも、一人でそうするってことは、よほど自信が有るか、追い詰められているかの二択だった。

「美穂乃、足跡だ」

「え？　どれのこと？」

「この森に逃げ込んだっていうリエラの読みは当たってたみたいだな」

地面にしゃがみ込み、岩に生えたコケについた踏みあとを眺めていた僕は、立ち上がって周囲を見回した。

(少し暗くなってきたな……追いつくなら早くしないと)

周囲が暗いのは、太陽が頂点を過ぎて傾き始めたからだけじゃない。

この世界の森は、人里から離れるほどに深く暗くなり、手強《てごわ》い魔物と遭遇する確率も上がる。僕と美穂乃の二人だけじゃどうにもならない化け物が、この奥にはうようよしている。

「行こう。こっちだ」

「あんなちょっとの足跡で、どっちに行ったのかわかるの？　もしかして、それも秋光くんの魔法だったりするわけ？」

「違うよ。勘さ」

「勘って……」

美穂乃は呆《あき》れているが、勘は下手な魔法より有用だ。同じようなシチュエーションに何度も遭遇するうち、どうするべきかなんとなく予測がつくようになってくる。――つまり僕は、美穂乃なんかよりもずっとこういう場数を踏んでいるってことだ。

僕はなるべく魔物の気配がしないルートを選んで、森の奥へと進んだ。対象を見つけるまで、なるべく無駄な戦闘は避けたほうがいいのは当然だった。

「足元が濡れてて滑りやすいから、転んだりしないように気を付けろよ。大きな音なんて出したら、すぐ魔物が寄ってくるぞ」

「それくらいわかってる。子どもじゃないんだから。秋光くんこそ転ばないでよね」

美穂乃はいまのところ妙な行動を起こす気配はない。黙って――とは言えないが、僕についてきている。

追跡自体も順調だった。足跡をはじめとするそれらしい痕跡が多い。追われて焦っているとは言え、こんな丸わかりの移動をする相手なら制圧は可能だ。そもそも自由傭兵の裏切り者として、こうやって追手をかけられていること自体、それほどたいしたことのない相手だと言えるかもしれない。

そうやって森の中を歩いていると、美穂乃が木々のはざまに何かを見つけた。

「何あれ。モンスターの死体？」

「みたいだな」

「……モンスター同士で戦ったとか？」

「いや、違う」

僕は危険が無いことを確かめると、地面に転がっている魔物の死骸に近寄った。野犬のような魔物が三匹、口からだらんと舌を出し白目をむいて横たわっている。どいつも剣で斬られたことが致命傷になっていた。

「運が良いぞ」

「え？」

「この魔物の爪を見てみろよ。血がついてる。たぶん僕らが追ってるやつが、こいつらと戦って怪我をしたんだ」

ついでに地面には、点々と血のあとが残っている。負傷のせいか、足跡が引きずったようになっていた。

「本当にラッキーだ。これなら一気に追いつけるぞ。この力量《レベル》の敵に手こずるやつなら、僕らでも楽勝だ」

魔物の死骸はまだ温かいし、地面の血も固まっていない。ここで戦闘が発生したのは、僕らが来る直前のはずだ。

　敵は近い。

「ねえ、秋光くん」

「何？」

「逃げてる人を見つけても、捕まえるだけなのよね？」

「ああ、そうだよ」

「本当に？」

「本当だって」

　僕が鬱陶《うっとう》しそうにすると、真剣な声で美穂乃は言った。

「じゃあ約束して。見つけても殺したりしないって」

「…………」

「傷つけないで捕まえるだけだって、私と約束して」

「相手が抵抗しなかったらね。けど、それは向こうに言えよ。……どうする？　指切りでもするかい？」

「……いい」

　その言葉に続いて、美穂乃は小さく「あなたを信じるわ」と言ったように聞こえた。

それから移動を再開した僕らが、ここまで追跡してきた相手に遭遇したのは、およそ十数分後だった。

その相手を見て、美穂乃が、そして僕も思わず固まってしまったのは、そいつが予想外の顔をしていたからだ。

「この人……魔族じゃない？」

「はぁっ、はぁっ、はぁっ……――っぐ」

目の前にいる男は僕らより年上だ。たぶん三十歳くらいだろうか。ズボンの下で出血している右太ももをかばうように、木に寄りかかり荒い呼吸を繰り返している。

そしてそんなことよりも、この傭兵は人間だった。ここは魔族の支配地域だから、てっきり魔族が相手なのだろうと思い込んでいたのは、僕も美穂乃と同じだった。

「ぐ……っ。なんだよ、誰かが追ってきてると思ったら、意外に若いな……。お前ら、ギルドに雇われたのか？」

「ギルド？　何のこと？」

「とぼけるなよ。そうなんだろうが」

こいつは見るからに疲弊している。ブーツも鎧も汚れていて、抜身の剣に新しい血がついている。僕と美穂乃に険しい視線を向けるのは、こいつの立場なら当然だ。

「俺を殺しに来たんだろ、クソガキども」

「違うわ！　私たちはあなたを――」

「うるさい！　人間のくせに、あの気持ちわりぃ魔族どもに雇われたんだろ！　――クソっ、俺は死なないぞ。こんなとこで死んでたまるか！　この世界のやつらはどいつもこいつも、最悪のクソばっかだ！」

交渉は初めから決裂していた。

それに抵抗するのは正しい。捕まえて斡旋所に引き渡したところで、こいつは制裁の対象になる。見逃してもらうために僕らに渡す金品を持っているようにも見えない。

「秋光くん、どうして剣なんか抜いてるの!?　やめてよ！　傷つけないって約束したでしょ!?」

「ああ、相手が抵抗しなかったらってね。こいつはもう抵抗したろ？」

僕はもともと右利きだが、ルーンを扱う関係で右手は空け、剣は左手に持つようにしていた。

そこから目ざとく読み取ったのか、相手は叫んだ。

「お前、魔法系の剣士か!?　……くっ！」

こいつがどんな技能《スキル》を持っているのか知らないが、このリアクションと追い詰められた表情からして、たいしたものじゃないはずだ。あるいは僕らのことを年下と侮《あなど》らずに、最初から命乞いしておけば良かったと考えているのかもしれない。

でも遅すぎる。

こういう状況に追い込まれてから後悔しても、何もかもが手遅れだ。

——ど、どうして？　なんでだよ恭弥！　協力しようって言ったじゃないか！

うかつに相手を信じたり、他人に自分の命を預けるような真似《まね》をしたり、そんなのは騙《だま》されやすい間抜けのすることだ。

「た、頼む。悪かった。俺を見逃してくれ」

案の定、進退窮《きわ》まったこいつは、僕に命乞いを始めた。

「クソガキなんて君たちを馬鹿にして悪かった。情けないけど、怖かったんだ。死にたくないんだ。——金なら払うよ！　いまはないけど、あとで必ず払う！」

しかしそんなことを言いつつも、こいつは剣を捨てていない。

僕が何も答えないでいると、名前も知らない傭兵は苛立《いらだ》ったように叫んだ。

「聞こえないのかよ！　なあ!?　殺さないでくれって言ってるだろ!?　俺は——……俺はもうこんな世界は嫌なんだ！　帰りたいだけなんだ！」

泣き喚《わめ》くようなその声に反応したのは、僕ではなく美穂乃だった。

「秋光くん待って！」

毅然とした響きの声が、剣をぶら下げた僕の背後から聞こえる。

相手の男は、とっさにそっちに顔を向けた。

「…………」

「助けてって言ってるじゃない。こんなこと、もうやめて」

「ひ、ひぃいっ！」

男は僕を避けて、よたよたと美穂乃に近づいた。そして美穂乃を盾にするみたいに、背後に回り込んだ。

「助けてくれぇっ！」

「……秋光くん」

「僕は敵じゃないだろ。なんでこっちをにらむんだ？　先にその男をどうにかしろよ。僕らの【契約】の内容を忘れたのか？　これも全部、志穂乃の薬を調達するためなんだぞ」

「そう言えばなんでも許されるって思わないで。……それに、先に約束を破ったのは秋光くんよね？　じゃあ私もあなたとの契約なんて守らないから。……助けてって言ってる人を見捨てるなんて、私にはできないわ」

「……はぁ。……わかったよ」

僕は肩を落としてため息をついた。

「そうだよな、お前はそういうやつだもんな」

僕は、美穂乃と男のほうを振り向いた。

そして同時に、美穂乃は胸を押さえて苦しみだした。

「――ぐううっ!?」

「もちろんわかってたさ。この状況でお前がこうするだろうってことくらい、僕が予想してないとでも思ってたのか?」

僕が軽く右手をかざすと、ルーンが淡い魔力の光を放ち始めた。僕のルーンと美穂乃に刻んだルーンが共振し、【契約】を破った美穂乃に罰を与える。

「あ、ああああああっ!」

「せっかくだし、このルーンの力がどういうものか教えてやるよ」

「う、ぐううううう!?」

それは時間にしてほんの一瞬だったが、美穂乃はまるで内部から炎で焦がされたように、自分の身体を抱えてうずくまってしまった。魔力の共振が収まったあとも、美穂乃は大量の汗が噴き出しながら、途轍《とてつ》もない悪寒に耐えていた。

「はぁっ、はぁっ、はぁっ。――――っ」

「……わかったか? 冗談とか脅しとかじゃないんだよ。お前にはもう、僕に逆らうとか僕を裏切るって選択肢はないんだ」

四つん這《ば》いの状態で、美穂乃が唇を噛んだのが見えた。

一度このルーンを介して交わした【契約】に背《そむ》けば、肉体的、精神的な苦痛にさいなまれる。

それが一切誇張のない事実なのだと、こいつはようやく理解したらしい。

僕はさっき言ったとおり、この依頼に美穂乃を連れて来た時点で、だいたいこうなる予想がついていた。美穂乃は昔から馬鹿正直な性格で読みやすい。だからこそ、これはこいつに思い知らせるちょうど良い機会だった。

仲間割れした僕と美穂乃に放置される形になっていた逃亡傭兵の男に、僕は声をかけた。かつては同年代のクラスメイトにさえ気を使って丁寧な言葉を用いていたのに、ずっと年上の彼に対して、どこかのチンピラみたいな口を利いた。

「で、どうするんだ？」

「……え？」

「抵抗しないなら、エイギーユの斡旋所に引き渡すだけで殺さないでおいてやるよ。それとも僕らと戦うのか？　選ばせてやるから早く決めろよな」

「…………」

黙りこくった男が、僕と四つん這いの美穂乃を交互に見ている時点で、こいつが次にどういう行動に出るか、やはり予想がついた。

「動くな！」

「ぐっ——!?」

次の瞬間、男が美穂乃の背後に回り、美穂乃の首筋に剣の刃を当てた動きは、負傷しているとは思えないほど素早かった。

美穂乃は、自分が助けようとした相手に逆に捕まってしまった。

「……美穂乃、やっぱりこんなもんなんだよ」

「黙れよ！　この女を殺《や》られたくなかったら剣を捨てろ！」

僕は剣を握ったままじっとしていた。

すると、男の顔色が不意に変わった。

「……え？　な、なんだこの女」

自分を拘束している男の腕を、美穂乃の両手が掴んでいた。

「ぐ、ううう……っ！」

「い、いてぇ!?　おい放せよ！　放せって！　なんなんだよ、この馬鹿力――!?」

美穂乃の指が、男の金属で補強された籠手にメリメリと食い込んでいく。

「――つ、潰れる!?　や、やめろ！　おい、クソっ！　あああっ!?」

男が握っていた剣が、手からぽろりと落ちてしまった。

僕は男と美穂乃の傍《そば》に寄った。

「そのまま放すなよ、美穂乃」

「な、何する気だ！　やめてくれ！　やめ――っ」

そして僕は、狙いすました動作で男の頸動脈《けいどうみゃく》に剣で斬りつけた。

§

「美穂乃、自分が何したかわかってるか？　お前が僕を裏切ろうとしたせいで、二人とも死んでたかもしれないんだぞ？　なあ？」

「あっ♡　あっあっあっあっあ♡　そ、そんなことぉっ♡」

「そんなこと？　そんなことあるだろ。今日のこと、きちんと反省しろよ」

逃亡した自由傭兵を始末した夜、僕は昼間の美穂乃の失態をねちっこい口調で責めながら、それ以上にねちっこい腰の動きで美穂乃の膣内《ちつ》を攻めていた。ベッドの上で、うっぷんを晴らすかのようにバックから美穂乃を突きまくっていた。

「ペナルティのぶんも含めて、お前の身体でしっかり払ってもらうからな」

「――ああぅっ♡♡　あっ、んうううぅっ!?♡♡」

「おい、逃げるなって。ちゃんと僕のチンポに『ご奉仕』しろよ。それがお前の義務なんだ」

無意識のうちに前へと這いずりペニスから逃げようとする美穂乃の腕を、僕は掴んで引き寄せた。美穂乃は上半身が浮いた姿勢で、胸をぶるんぶるんと揺らして喘いだ。

「あっ♡　うううっ♡　ひっぐ♡　ああっ♡　あああっ♡　うぐううっ!?♡」

バキバキに勃起した僕の肉竿がマンコの中を往復するたび、美穂乃は泣き喚くみたいな喘ぎ声を漏らしてみっともなくイキ散らかす。

こいつは今日、【契約】を結んだにも拘《かか》わらず僕を裏切ろうとした。その報いは受けさせないといけない。こうやって強引なピストンでこいつをオナホール扱いしているのは、立場をわきまえさせるためだ。

「これに懲りたら、二度と僕を裏切ろうなんて考えるなよ！　なあ！」

「おっ!?♡　んっ♡」

「聞いてんのか、おい」

荒い語気でなじりながら腰を打ち込む。竿が抜ける寸前のところから、一気に奥までチンポをぶち込む。僕の亀頭が美穂乃の内臓を持ち上げて、こいつは間抜けな声を漏らした。

「イっ!?♡♡　あああぁっっ♡♡　あぐっ♡　んおっっ♡　あ、おおおっ♡♡」

「あ～出る。出すぞ美穂乃！　――うっっ!!」

中出しすれすれのタイミングで、膣内からチンポが抜けた。鈴口から噴き出た精液が、あとほんのちょっとで美穂乃の胎内に注がれるところだった。マンコの入り口やお尻や背中に粘り気の強いザーメンが湯気を立てて降り注いだ。

「はぁ……二度と馬鹿な真似するなよな」

溜まっていた精子と共に、僕の中から荒々しい感情が抜けていく。

かくんと首《こうべ》を垂れてしまった美穂乃に、僕の命令が届いているかどうかは不明だ。しかし美穂乃本人はともかく、こいつの身体はガクビクと痙攣《けいれん》イキして、僕に従順な返事をしているように見えた。

僕は今日、美穂乃の前で人を殺した。

美穂乃はあの森の中で、僕が殺した男の死体を、地面に尻もちをついたまま呆然《ぼうぜん》と見下ろしていた。

あの男を助けるために僕の説得を試みたにも拘わらず失敗し、その直後にあの男に裏切られ盾にされた。そして夜には僕の玩具《おもちゃ》にされている。そんなこいつの空回り具合と間抜け加減が可笑《おか》しくてしかたない。

今日の一件で美穂乃もわかっただろう。喧嘩《けんか》どころか誰かと言い争うことすら嫌っていた臆病者の秋光司は、もうどこにもいないのだと。

人を殺したその日の夜に、その後悔にさいなまれるでもなく、こうやって元クラスメイトの女子を犯す。元の世界の倫理と照らし合わせたら、僕がやっているのは最低の外道の行為だ。

――でも、そんな僕を誰も咎《とが》められない。

なぜならこの世界では、それが正しいからだ。

利己的なふるまいの果てに、自分の都合で誰かの命を奪おうが、善意をめちゃくちゃに踏みにじろうが、ここはそれが許される世界だからだ。

Extra.1　美穂乃から見える彼の姿

——いや、僕は誰かを殴ったりとかできないよ。そういうの苦手だから。……気が弱いし、美穂乃みたいに強くないしさ。

中学校の頃、身体《からだ》を鍛えるために私の通っている道場に誘ったとき、秋光くんはそう答えた。自分のことを強くないと言う彼のことを、私は臆病だと思った。

——美穂乃、ここのやつらが言ってることを信じちゃ駄目だ。あいつらはきっと、僕らを何かに利用するつもりなんだ。絶対に、信じちゃ駄目だ。

魔法であのお城に喚《よ》び出されたあと、秋光くんは私に会いに来てそう言った。そのときも私は、彼のことを臆病だと思った。——そう思ったから、彼にそのままそれを伝えた。困ってるから助けて欲しいって言ってるのに、何もしないで見捨てるのは卑怯だって。

そのあと秋光くんは、あのお城から逃げ出した。同じ学園からこの世界に召喚されたみんなや幼馴染《おさななじみ》の私と志穂乃、恭弥のことも放って、一人で逃げてしまった。

——司が逃げたのは残念だけどさ。そのぶん残った俺たちで協力していこう。

そう言ったのは恭弥だった。恭弥はすごく寂しそうな顔をしていた。

そのとき私は、秋光くんにはもう二度と会えないんだと思った。小さい頃はあんなに仲が良かったのに、どうしてこうなってしまったんだろうって思った。

でも私は、この世界でもう一度彼に出会った。


「ふう……」

セックスを中断するとき、秋光くんはいつもこんなふうに息を吐く。まるで軽い運動を終えたあとみたいに、その呼吸には余裕がある。

「は……♡　はあ……♡　はあ……♡」

でも私のほうは、口を大きく開けて全身で呼吸しないと、限界まで速まった心臓の鼓動に耐えられない。心と身体がバラバラになってしまいそうなくらい激しい快感が、まだ内側を駆け回っている。

私は今日も、秋光くんに抱かれてしまった。病気になった私の妹——志穂乃を助けるのに必要なお金と、生活のためのお金を稼ぐため、彼と同じ自由傭兵として街の外でモンスターと戦い、私たちの「家」に帰ってきたあとに。一階の奥にある彼の部屋で、裸になってエッチしてしまった。

秋光くんとのセックスは、これで何回目になるんだろう。

「あっ!♡　ぅあっ、あっあっあっ♡　あ〜〜っ!♡　あ〜〜っ!♡」

「ははは、美穂乃、ここ突かれるのがいいのか?　いいんだよなぁ?」

「ふっぐっ♡　うっうっうっ♡　ぐっ、うう〜〜〜っ♡」

「我慢して感じてないふうに見せかけようったって無駄だって。マンコうねってチンポに絡みついてるの丸わかりだからな?」

再びセックスが始まると、彼は私がみっともなく乱れる様子を嘲笑《あざわら》う。

私は悔しくて、悔しくて、悔しくて、歯を食いしばりシーツをぎゅっと握りしめた。

「お前のマンコめっちゃヌルヌルになってるぞ。チンポ気持ち良くて、腰振るの止まらないよ」

「ぐっう♡　うっ♡　あっ♡　あっ♡　ううっ♡」

「でもちょっとキツ過ぎるかな。なんならもうちょっと緩めてくれていいんだけど」

部屋の中にパンパンと響くのは、彼が私のお尻に激しく腰を打ち付ける音だ。彼は素早い動きで腰を前後させ、私のアソコに、大きくなったおチンチンを激しく出入りさせている。これがセックスじゃないなんて言い訳するのは、どう考えても無理だった。

私は恋人がいるのに、他の男の子とセックスしている最低な女だ。

秋光くんのおチンチンは、とても太くて長かった。むかし彼と幼馴染だった私は、小学生の頃に、お風呂で彼のを見たことがある。でも、いまの彼の股間に生えているものは、そのときとは全然違う。太くて、長くて、先っぽが拳みたいに膨らんでいて、反り返る棒にミミズのような太い血管が浮いていた。

私が付き合っている恭弥のおチンチンは、秋光くんのと比べたら二回り以上小さい。そうやってつい比べてしまうこと自体、私は私のことを許せなくなってしまう。

「あっ♡　あっ♡　うあっ♡　っぐ♡　ううっ♡」

「またイってるだろ、美穂乃。僕が一回射精するまでに、どんだけイクつもりだよ」

彼の蔑むような声が背中から聞こえる。

悔しくて悔しくてたまらない。別に欲しくないのにセックスされたうえに無理やり気持ち良くされて、なんでこんなこと言われなきゃならないの。――そうやって悔しさと彼への怒りを掻《か》き立てていないと、快感に押し流されて狂ってしまいそうだった。

どうして。

どうして秋光くんは、こんなふうに変わってしまったのだろう。

私たちが別れているあいだに、彼に何があったのだろう。

私はそれを聞くのが怖かった。――でも、秋光くんの協力が無ければ、私一人の力で志穂乃を助けるなんて無理だった。

「美穂乃？　泣いてるのか？」

「うっ、うるさいっ！　泣くわけないっ！　――ぐすっ。……気持ち悪いから、こんなの早く終わらせて」

「はいはい」

「あっ♡　やっ♡　あっ♡」

彼が腰を振るのを再開した。おチンチンの先っぽでお腹の奥を突かれるのがわかる。ちょっとだけ優しい動きになっていて、それが逆に嫌だった。

四つん這《ば》いだった私は、肘から腕を折ってシーツに這いつくばった。秋光くんは私の腰を掴《つか》んだまま、私が高々と上げたお尻に腰を打ち付けた。

「んおっ♡　おっ♡おっ♡おっ♡おっ♡」

奥に当たるおチンチンの衝撃が頭に響いて、ますますヘンな声が出てしまう。きっと、涙や鼻水も出てしまっている。恭弥には絶対に見せなかったみっともない顔を、隠そうとしても秋光くんには見られてしまっている。

頭の中で火花が弾《はじ》けて、お腹の奥が、溶けてドロドロになった気がする。

セックスって、こんなグチャグチャになれるくらい、気持ちいいものだったんだ。

（――っ！　ち、違うっ！　気持ち良くなんかない！）

駄目だ。自分をしっかり持たないと。

どうにかして気を紛らわせないと、彼の思うつぼだ。

だけど、そもそも私は、どうして彼に抱かれているんだっけ。

気持ち良すぎて頭がぼんやりとしてくる。いまと昔が曖昧になる。

志穂乃が病気になって、何をしても助からないって皆に言われて、どうしていいかわからなくなって、あのお城を飛び出してから、志穂乃を治せるお医者さんをあちこち探し回った。そんなとき、私が秋光くんを見つけたのは偶然だった。

そもそも再会したとき、私は彼のことが彼だとわからなかった。

薄情だって言われても仕方ないと思う。でも再会したときの秋光くんは、それくらい変わっていた。彼が逃げてから何カ月も経っていたのもあるけれど、それ以上に彼は大きく変化していた。髪型が変わっていて、汚れた鎧を着ていて、身体つきもがっちりしていて、凄《すご》く怖い目をしていた。

あんな目をする秋光くんは、いままで知らなかった。

それでも、私が助けを求められるのは、彼しかいなかった。

「美穂乃、お前、自分からお尻振ってるぞ？　まあ、楽だからいいけどさぁ」

「ふっ♡　ふっ♡　ふっ♡　うっ♡　ぐっ♡」

「枕なんかにしがみついてどうしたんだ？　僕に顔を見られるのが、そんなに嫌なのか？」

「う～～～っ♡♡　ゔぅ～～～っっ♡♡」

「そんなぐりぐりお尻押し付けて、激しくピストンされたいならそう言えよな。ほら、望み通りにしてやるよ」

「ふぐぅっ♡♡　あっっ♡♡　あ～～～っっ!!♡♡　あ～～～っっ!!♡♡」

この世界に召喚されたとき、秋光くんがもらった才能はたいしたことがないって、誰かが言っていた。彼はもともと誰かと争ったりするのが嫌いな人だから、戦う才能がないのは逆に良いことなんじゃないかって私は思った。実際に戦うのは、そういうのが得意な恭弥や私や他の男の子に任せておけばいいんだって。

でも再会してからの秋光くんは、すごく上手にモンスターと戦う。

私が前で戦っているあいだに彼が魔法で罠《わな》をしかけて、そこに誘い込んで一斉に倒す。そういう戦い方で、いつも簡単に自由傭兵の依頼をこなしてしまう。私は彼の指示に従っているだけだった。相手はモンスターだから、戦うのは仕方ない。でもモンスターの叫び声や、死体が血を流してピクピクと痙攣《けいれん》している様子が、とても怖かった。

大勢のモンスターを爆発の魔法で倒すときも、秋光くんの表情はほとんど変わらない。死体がばらばらに飛び散ってもちょっと嫌そうな顔をするだけで、「それが当たり前なんだ」っていう態度をしている。煙を上げて地面に転がるモンスターの身体を一つ一つ確認して、死んでいるかどうかを確認する彼の何を考えているのかわからない顔が、私はとても怖かった。

それだけじゃない。モンスターどころか、このまえ秋光くんは私の前で人殺しをした。秋光くんが殺したあの人は、私たちと同じ人間で、帰りたいって叫んでいた。


――どこに？


こんな世界は嫌だって叫んでいたあの人は、じゃあどこに帰ろうとしていたんだろう。あの人は、どこから来た人だったんだろう。

秋光くんは気付いていたに決まっている。

「あー、精液昇ってきた！　めっちゃ濃いヤツ出そうだ……！」

「あーっ♡　あーっ♡　あっっ♡♡　イクっ♡　イぐっ♡　イック♡」

「美穂乃、背中にかけるぞ！」

「あうっっっ!!♡♡♡♡」

彼は私のアソコからおチンチンを引き抜くと同時に射精した。

ビクンビクンって震えるおチンチンから、たくさんの精液が飛び出てきて、それが私の背中に、ぼたぼたと降りかかっていくのがわかる。

彼の精子は、火傷《やけど》しそうなくらい熱くて、量がとても多い。すごい臭《にお》いが私の鼻まで漂ってくる。私はベッドにうつ伏せにへばりついた。

(ああ……私、お腹の内側からイっちゃってる……。これ、止まらないやつだ……)

下半身がビクビク小刻みに痙攣し、お腹の奥から気持ちいいのが溢れて、全身に拡がっていくような感覚。それが今日までの怖かったこととか、不安なこととかを全部押し流してくれて、フワフワとした気分にさせてくれる。弱い私を無理やり幸せにしようとしてくる。

悔しいけど、こんなの、彼とエッチするまで知らなかった。

でもだからって、私は心まで流されたりしない。——絶対に。絶対にだ。

「美穂乃、イクの気持ち良いか?」

彼の指が、首筋をくすぐってくる。好きでもない男の人にこんなことされるのは、本当に気持ち悪い。そのまま彼は、私のほつれた髪を優しく撫《な》でつけていく。その安心させる手つきに心を許したりしないように、私は歯を食いしばった。

これも私が知る秋光くんといまの彼が大きく変わった点だ。私の知っている彼は、女の子の扱いなんて全然慣れてなかったはずなのに、私とセックスするときの秋光くんは、乱暴なだけじゃなくてほんの少しだけ優しいところもある。その落差が私を混乱させるけど、これはきっとわざとなのだ。秋光くんはそうやって、私を自分に従順な玩具《おもちゃ》に変えようとしている。

志穂乃を助けるまで、私は彼に、報酬としてこの身体を捧《ささ》げ続けなければならない。彼の手の甲と私のお腹に光る印《しるし》は、私が彼と【契約】を結んだ証拠だ。これが有る限り、私は彼に逆らったり、裏切ったりすることはできなかった。

「美穂乃、まだ勃起収まらないから、もう一発するぞ」

「……っ」

私は悔し涙を堪《こら》え、唇を引き結んだ。

彼は、うつ伏せのまま私を犯すつもりらしい。無理やり私を言いなりにしてさぞかし楽しいのだろうけど、そんな卑怯者の彼のことが、私は大嫌いだった。

だけど、どうしてだろう。

どうして彼は、こんなに変わってしまったんだろう。

……私にもその原因があるのだろうか。

あのお城で、私が彼について、恭弥や「あの人」から聞かされた話は、本当だったんだろうか。

「あん……っ♡」

秋光くんのおチンチンがアソコに入ってきて、私のお腹が拡げられる感覚。私の身体はこれを覚え始めていた。

これからまた気持ちいいのが始まる。始まったら泣いても叫んでも許してもらえない。私が私じゃなくなるまで、グチャグチャのドロドロにされる。気持ちいいこと以外何も考えられない駄目な女の子にされる。
絶対に彼の思い通りになってはいけない。
けどそのときだけは、辛《つら》いことも不安なことも忘れられるのは事実だった。
（あ……エッチな声……二階の志穂乃に聞かれないようにしなきゃ……）
秋光くんが入ってくるのを感じながら、私は頭の片隅でそんなことを思った。

第四話　領主の依頼

（1）

僕と美穂乃が一緒に自由傭兵の仕事をするようになってから、あっという間に日数が経過していく。一人のときよりも時間の流れるスピードが速くなったようだ。

僕はこの世界に来てから、ほとんどの時間を一人で過ごしてきた。そのことにもうとっくに慣れていた。それなのにいまは、家に別の人間がいる。美穂乃と志穂乃は勝手に転がり込んできた居候《いそうろう》のようなものだけど、自分以外の誰かが家にいるというのは、とても不思議な感覚だった。元の世界で家族と暮らしていた頃は、逆にこれが当たり前だったはずだ。

志穂乃の容体《ようだい》は相変わらずだ。僕と美穂乃の稼ぎで調達した治療薬《ポーション》や栄養剤でどうにか安定を保っているものの、根本的な改善はしていない。それらはあくまで志穂乃の命を保《も》たせる効果しかなかった。志穂乃が徐々に衰弱していっているのは、素人である僕の——そして美穂乃の目から見ても明らかだった。

その志穂乃は、ほとんどの時間を二階のベッドに寝たきりで過ごしていた。

ノックしてから、そっとドアを開けて志穂乃の寝室に入ると、カーテンを閉めた薄暗い部屋の奥から、か細い声が僕を呼んだ。

「司……ちゃん？」

司ちゃんというのは、僕に対する志穂乃の呼び名である。ただしそれは昔のもので、姉の美穂乃がそうであるように、いつしか他人行儀な「秋光くん」呼びへと変化していたはずだった。

志穂乃と僕が幼馴染《おさななじみ》として一緒に行動していたのは、せいぜいで小学校高学年までのことだ。

それ以降は、こいつも恭弥の傍《そば》にべったりだった。

志穂乃個人に対しては、いまさらあまり思うことはない。昔のように親しみを込めて「ちゃん」付けで呼ばれたところで、特になんの感慨も湧かない。しかしそういう胸の内を、僕は決して志穂乃の前では表さなかった。

「志穂乃、起きてたのか」

「……うん」

「新しい水、持ってきたぞ。お粥《かゆ》も作ったけど食べられそうか？」

「少しだけなら……」

ベッドに臥《ふ》せっている志穂乃は、僕が調達してきた白い寝間着姿だ。それは病院の患者衣か、死に装束のように見えなくもない。肌から血の気が失《う》せているせいで、余計にそう感じる。美穂乃が明るく目立つ雰囲気なのに対し、志穂乃はもとから地味系な女子だった。あまり自己主張せず、放課後も図書室とかでひっそりと本を読んでいるタイプだ。

ある時点まで姉にべったりだった志穂乃が、美穂乃から離れるようになったのは、美穂乃が恭弥と付き合い始めたからだった。

志穂乃も恭弥のことが好きだった。結果的にあいつと恋人関係になったのは美穂乃だったが、志穂乃もあいつに惚《ほ》れていたことは、恋愛関係に疎い僕でさえ、思春期になってからの態度で丸わかりだった。

恭弥と美穂乃と志穂乃の三角関係に決着がつくまでには、三人の間では色んなドラマがあったらしい。三角関係どころか、恭弥のことが好きな他の女子まで関わっていた気配もある。

――でも、詳しいことを僕は知らない。そのときには、僕は完全に蚊帳《かや》の外にいた。まだ三人と仲の良いクラスメイトたちのほうが、その辺の事情に通じているだろう。

「ん……っ。はぁ……っ、はぁ……っ」

僕がベッドの傍に寄ると、志穂乃は上半身を起こそうとした。しかし身体《からだ》に力が入らなかったのか失敗した。頭を枕に戻した志穂乃は、たったそれだけの動作で、マラソン直後みたいに荒い呼吸を繰り返した。

「は……っ、はぁ……っ」

「無理しなくていいよ。ゆっくり寝てな」

僕は、志穂乃たちの好きなあいつが得意そうな、「優しい微笑み《ほほえ》」っていうやつを顔に浮かべた。そして、我ながら歯の浮くような声で志穂乃をなだめた。

「お粥は食べたくなったらでいいからさ。冷めちゃっても、また作り直してくるよ。志穂乃は身体を治すことを一番に考えな」

どうにか呼吸を整えた志穂乃は、目を開けて僕を見つめた。

「お姉ちゃんは……？」

「ああ、美穂乃なら買い物に行ってる」

僕はシレっと嘘をついた。

美穂乃は出かけてなんかいない。美穂乃はいま、ちょうどこの部屋の真下の、一階の僕の寝室にいる。ベッドの上で、潰れたカエルのようにのびているはずだ。

昨日の仕事であいつはミスをした。仕留め損ねた魔物に仲間を呼ばれて、危うく二人とも死にかけた。だから帰ってきてから深夜までチンポをハメて「お仕置き」したら、最終的に気絶してしまった。今朝起きたときも、汗と僕のザーメンまみれの身体で腰をガクガクと震わせていたから、しばらく立ち上がれないだろう。

それで僕が仕方なく、今朝の志穂乃の世話を代わってやったというわけだ。美穂乃は僕が志穂乃に近づくことを嫌がるが、こういう事情ならやむを得ないだろう。

それにしても、どうして美穂乃は僕と志穂乃を引き離そうとするのだろうか。

「ちょっと熱測るぞ？　……うん、昨日よりはいいんじゃないかな。この調子なら、きっともうすぐ治るさ」

「ありがとう、司ちゃん……」

「礼なんか要らないよ。志穂乃さえ元気になってくれたら、僕はそれで」

そう、まったく意味がわからない。こんなふうに僕が志穂乃に接近することに、なんの問題があるというのだろう。こいつの姉が、恋人以外の男とのセックスに溺れてこいつの面倒を見るのをおろそかにしている以上、僕がこうやって志穂乃を慰め励ましたところで、なんの問題もないはずだ。

僕の言葉を受けた志穂乃は、苦しく辛《つら》そうな表情を微笑みに変えた。そして僕は、志穂乃が毛布の下から伸ばした手に、自分の手をそっと添えた。志穂乃はほっと息を吐くと、今度は涙ぐんだ。

「私が病気になっちゃったせいで、司ちゃんとお姉ちゃん、危ないことしてるんだよね？……ごめんね。……怪我《けが》しないでね？」

「大丈夫さ」

「ホント……？」

「ああ、もちろん」

この甘えた口調は、小学校以前の志穂乃の喋《しゃべ》り方と同じだ。もしかしたら、長いあいだ熱に浮かされたことによって、こいつの中で時系列が曖昧になってきているのかもしれない。それどころか、ここが異世界だということも正確に認識できているかどうか怪しい。

自分がとても苦しい思いをしていて、その傍にいるのが僕だということ。それだけが、いまの志穂乃の真実だ。

志穂乃の手が、僕の手を握りしめてきた。病んでいるのに、そこには思いがけないほどの力がこもっていた。

「何かあったら、夜中でも遠慮せずに呼べよ？」

「……うん」

「美穂乃のことも、全部僕に任せておきな。あいつが昔みたいに暴走しないように、ちゃんと見張っておくからさ。お前は何も気にしないで、ゆっくり休むんだ」

僕が頬を撫《な》でると、志穂乃は嫌がるどころか安らいだ表情になった。

弱っているときに誰かから掛けられる優しい言葉は、本当に、びっくりするくらい効く。どんなに白々しい台詞《せりふ》でも、それを口にしている者が冷静に見れば明らかにうさん臭くとも、辛いときに優しくされるだけで信じたくなる。――それはみんな同じだ。

逆にここで僕が、「お前はもう助からないんだ」って言ったら、こいつはどんな顔をするだろう。

「司ちゃん」

「ん？」

「もうちょっとだけ一緒にいて……？」

「ああ、志穂乃が眠るまでここにいるよ」

僕はその言葉通り、志穂乃が寝るまでベッドの隣に座っていた。目を閉じた志穂乃から静かな寝息が聞こえ始めると、繋《つな》いでいた手を離し、それを毛布の中に入れてやった。毛布を整えた際、その下にあるはずの志穂乃の身体が、やけに薄く感じられた。

志穂乃はこのまま、あとどれくらい保つのだろうか。志穂乃の命の火が消えるのは、何か月先だろうか、それとも明日だろうか。

僕はしばらく志穂乃の顔を見下ろしてから、部屋を出て一階に降りた。

§

「あうっ♡　あっ♡　あっ♡　あっ♡　イっ、く♡　がまんできなっ♡　あ、あああっ!!♡♡」

「――うっ!!」

美穂乃が絶頂した瞬間、膣《ちつ》ヒダ全体が僕の肉棒を奥に取り込もうとうねってきた。僕はそれに逆らって腰を引くと、虚空に向かって射精した。

タイミングは本当にギリギリだ。ほんのあと少しで中出しされるはずだった精液が、いままで僕が腰を打ち付けていた美穂乃の尻をデコレーションしていく。僕は志穂乃にあんな優しい言葉を掛けながら、次の日にはこうやって美穂乃とセックスしていた。

自分の胴体とシーツに挟まれた美穂乃の胸には、まるでゴムボールのような弾力がある。くびれた腰は掴《つか》みやすく、尻肉は腰を打ち付けると波打った。元の世界でただの女子校生をやっていたとは思えない、男にとって魅惑的にもほどがある肢体だ。

本当ならばこいつの恋人の恭弥のモノでありつつ、それでも多くの男子が狙っていたこの身体は、現在は僕の夕食後のデザートのようなものになっていた。

（まだ射精し足りないな……。もう一発抜いておくか）

美穂乃の痴態と、部屋中に満ちた交尾の空気に刺激され、僕の肉棒はあっという間に復活して反り返る。そして僕は、断りも入れずに美穂乃のマンコに再挿入した。

「ああっ――♡」

既にこなれた膣内に、鉄棒のようにガチ勃起したペニスが侵入すると、美穂乃は背中を反らせて叫び声を上げた。締まる熱い肉ヒダに肉棒を包まれて、僕の腰にも刺激的な快感が走った。

「あ、あ、あああ、もうやらぁ……っ！　もうイキたくない……！」

「なんでだよ。ハメられたかったから、お尻揺らして僕のこと誘ってたんだろ？　休憩も十分させてやったし、今日の報酬分、きっちり回収させてもらうからな」

「ふっ、ぐううっ♡♡　ひぁっ♡　あっ♡　あっ♡　あっ♡　あーっ！♡　あああーっ！♡」

「あんまでっかい声で喘《あえ》ぐと志穂乃に聞こえるぞ？」

僕がそう言うと、美穂乃は枕に顔を埋《うず》めてしばらくのあいだ静かになる。しかしすぐに音漏れしだし、やがて元の木阿弥《もくあみ》になるのがいつものパターンだ。僕は美穂乃に文句を言った。

「お前の涙とかヨダレで、僕の枕が毎回毎回ベタベタになるんだよなぁ」

ついでに僕のペニスも、美穂乃が分泌した多量の愛液でベトベトだ。汗で肌がしっとりした感じになっているし、こいつは水気の多い体質なのかもしれない。——そういうことを考えながら、僕はピストンを繰り返した。

一切の誇張なしで、ハメるたびに僕とこいつの相性は良くなっていく。性欲も日に日に増して、一晩にする回数も増えている。

これも【契約】のルーンの力が関係しているのかもしれない。僕とこいつの魔力の結びつきが、身体や精神にまで影響を与えていたとしても、それは不思議じゃない。

このあいだの逃亡傭兵を始末した報酬として、斡旋所《あっせんじょ》のリエラにエイギーユ領主との面会をお膳立てしてもらえることになった。しかしそれには、それなりの時間がかかる。だからと言って遊んでいられるほど生活に余裕のない僕らは、毎日のように街の周囲の魔物の駆除に励んでいた。

それで得た稼ぎを使って、僕は食料や仕事に必要な道具類を買う以外にも、美穂乃と志穂乃の着替えも買い足した。そのせいで、一人暮らしをしていた頃より、確実に三倍以上の出費があった。

「はぁ……お前たち二人の食器まで新しく買ったんだぞ。いくらかかったと思ってんだ？　本当に頭が痛いよ。だからせめて、こっちのほうで満足させてもらわないとな」

「んぐうっ♡　んっ、んっ、んっ、んっ♡」

「ほら、もうちょっとイかないように頑張れって。嫌いな僕とのセックスじゃ感じないんだろ？　そんなイキっぱなしだと恭弥が泣くぞー？」

僕は美穂乃を挑発し、こいつの意識をはっきり目覚めさせてから、さらに激しく腰を振った。

すっかり下衆野郎《ゲス》が板についた僕だが、最低限、自由傭兵としての流儀は守る。つまりギブアンドテイクというやつだ。取り立てる理由がなければ、こいつには指一本触れるつもりはない。

逆に言うと、理由があるなら遠慮はしない。こいつの膣内が完全にチンポの形になるまで、犯して犯して犯し抜いてやる。

「ん、ぐうう……っ♡」

僕に好き勝手言われるのがよほど悔しいのか、美穂乃はシーツを掴んでイキながら、綺麗な顔を涙でべしょべしょにしている。ほつれた髪が何本か口の中に入って、余計にエロい見た目となっていた。

「あーヤバ、このマンコめっちゃ気持ちいいや」

「イっ、イっ、イクっ♡　また、またイっちゃうっ♡　んおっ♡　おっ♡」

僕のチンポで膣内を突かれ、鼻の下を伸ばしてアヘヨガる美穂乃は、最高にみっともなかった。元の世界で暮らしていた頃、こいつはいつも恭弥と一緒にみんなの輪の中心にいて、僕にはとても手の届かない存在に見えたのに。

僕は運動が苦手で、かと言って勉強面で秀でているというわけでもなく、面白いことを言ってみんなを笑わせたりすることもできなかったし、打ち込んでいる部活動や趣味もなかった。そんな僕でも、探せば一つくらいは美穂乃に勝《まさ》っているものが見つかるものだ。

セックスを重ねるうちに、美穂乃の膣内の弱点はほぼ把握していた。と言ってもこいつの身体は、探るまでもなく弱点だらけだった。膣奥を突きつつ乳房を揉みしだき、乳首をコリコリと弄《いじ》ってやると、やがて美穂乃はいつものように音を上げた。

「やだっ、やだっ、やだっ、もうやだぁっ、イ、イキたくないっ！　もうイキたくないよぉっ！　許して、助けて、きょうやぁっ！」

「は？　違うだろ美穂乃」

美穂乃があいつに助けを求める声は、僕をやたらと苛立《いらだ》たせ、そして興奮させた。この期《ご》に及んでも、まだ恭弥に切り捨てられたことを認めようとしないなんて、こいつはやっぱり馬鹿な女だ。

ピストンの速度はさらに上がっていく。安物のベッドは壊れそうなほど軋《きし》んでいた。

「あっ、ああっ、あっあっあっあっ♡」

「恭弥じゃないだろ？　お前が助けを求めなきゃいけないのはさぁ」

「ん♡　あああああっ♡　イグっ♡　イっ♡　ああっ、あああっ♡　頭のおくで、電気みたいのがバチバチしてるっ♡　これやだっ、やだやだやだぁっ！」

僕に突かれながら、匍匐《ほふく》前進するみたいに這《は》いずる美穂乃の身体は、やがてベッドの上からずり落ちそうになった。それでも僕は美穂乃を逃さずに、床に救いを求めるように手を伸ばすこいつの腰を捕まえて、膣内を荒々しくチンポでほじくり返した。

「ああアっ♡　ひっ♡　んおおおっ♡　おっ♡　おおっ♡」

「思い出してみろよ美穂乃。この前の仕事のときだって、ヘマしたお前を助けたのは誰だった？　志穂乃を助けるために、一人じゃ何もできないお前に協力してやってるのは誰なんだ？」

「おっ♡　んおおっ♡　おチンチンっ、ごつごつするの、やめてっ♡　きょうやぁっ！」

「恭弥じゃなくて、僕だろ？」

美穂乃の大きな喘ぎ声に交じって、僕は低い声でつぶやいた。

僕と組んで仕事をするうち、美穂乃は魔物と戦うことにかなり慣れてきた。それでも連中の醜悪《しゅうあく》で恐ろしい見た目や、命を奪う行為へのためらいから、足をすくわれる場面も多い。精神的・肉体的な疲労が、どんどん蓄積している様子が見て取れた。

自信を持って断言できる。仮に僕がいなければ、こいつは今日までに何回も死んでいる。

「助けてやった上に、こんだけヨガらせてやってるんだ。せいぜい僕に感謝しろよ」

「うあぁっ♡　あっ♡　あううぅっ♡　ふ、んぅううっ♡」

「さあ、そろそろ精液昇ってきたぞ。どこに出して欲しい？」

美穂乃が中出しを拒否すると知っていて、敢《あ》えて尋ねた。そしたら美穂乃からは、案の定な答えが返ってきた。

「そと！　絶対にお腹の外に出して！」

「そんなこと言われても、もう出ちゃいそうだからなぁ。それにお前のがキツ過ぎるせいで抜きにくいんだよ。ほら、ラストスパートだ。もっとピストン速くするぞ！　浮気セックスで中に出されたくなかったら、頑張って逃げろよ！」

「やだ、やだやだ！　ナカ出しやだぁ！　あっ、あっあっあっあっ、イっ、くうう！♡♡」

「ぐ、出る！」

膣内が激しく収縮し、それに釣られて射精したと同時に、僕は美穂乃からチンポを引き抜いた。

びゅるりと吐き出したザーメンが、美穂乃のマンコの入り口にかかってしまった。そのあと僕は、痙攣《けいれん》する美穂乃のお尻の割れ目に肉竿を擦《こす》り付け、びゅるびゅる、びゅるびゅると、残りの精液を排泄《はいせつ》していった。

「ああ……気持ちいい。ちょっと中に入ったかな？」

「ぐすっ、やだ、ナカ出し、やだぁ……」

美穂乃はイキながらぐずっていた。僕は、そんな美穂乃の背中を自分の精液で穢《けが》す快感に浸っていた。

僕が腰を掴んでいた手を離すと、美穂乃はシーツと一緒にずるずるとベッドの下に落ちた。

「おいおい、大丈夫かよ。……そんなになるくらいイったのか？」

「イ、イってないし……。んんっ♡」

「強がるなよ。自分でイくって大声で叫んでたじゃないか……。ほら、掴まれよ」

「……うん」

僕に差し伸べられた手を、美穂乃は掴んだ。そしてフラフラと立ち上がると、倒れ込むようにベッドに戻った。

「はぁ……はぁ……はぁ……」

「感謝しろよ。お前の言った通り、中には出さなかったからな」

「……何よ、その恩着せがましい言い方。当たり前でしょ。バカじゃないの。——ンっっ♡」

「まだイキ終わらない？」

「うん、まだ……。お腹の奥、まだ司のおチンチンが入ってる感じがする」

美穂乃は下腹部に手を添えて、そんなことを言った。激しいセックスのあとの弛緩した雰囲気に釣られ、とんでもない台詞を口走っていることに、こいつは気付いていない。

でも、それはそれで仕方ない部分もあるだろう。どんなに心を許したくない相手でも、実際に何度も身体を重ねていれば情が湧く。しかもそいつとの身体の相性が抜群なら、なおさらの話だ。

それに加えて、僕とこいつは毎日のように魔物と戦い自分の命を危険に晒《さら》している。いまのところ大きな怪我もなくやれているが、それはもちろんこれまでに限った話で、先のことは不明だ。どんなに注意を払って慎重に行動したところで、一つのミスや不運から、呆気《あっけ》なく死に繋がる可能性もある。

どうせ死ぬかもしれないなら、深く考えたところで仕方ない。そんなどこか投げやりで刹那的な感情が、僕らを退廃的な快楽に溺れさせるのかもしれない。

「なあ、美穂乃」

「え、なぁに？　……まだするの？　……わかってるわ。そういう【契約】だもの」

だから仕方ないとか言って、美穂乃は自分を納得させていた。

僕のチンポは反り返ったままで、まだまだ足りそうになかった。僕の性欲もたいがいだが、疲労困憊《こんぱい》しつつもそれに付き合える美穂乃だって相当なものだ。

「でも、そんなに何回も連続でできるなんてどうなってるのよ。恭弥は――……あ」

「ん？　いま、なんて言おうとした？」

「……なんでもない」

「なんだって？　アイツは一発射精したらヘタれるって？」

「そんなこと言ってない」

美穂乃の苦しいごまかしを、僕は苦笑して流した。そして同時に、自分の左わき腹の傷を撫でた。

僕には現在、少し疑問に思っていることがある。それは自分が、恭弥の裏切りに対する復《ふく》讐心《しゅうしん》を未《いま》だに持っているのかということだ。あの城から逃げ延びたときには、それなりに仕返ししてやりたいという気持ちを持っていたが、いまはどうなのだろう。

もし仮にあいつが報いを受けて惨《むご》たらしく死ぬシーンとかを見られるなら、それはそれで歓迎だ。あいつを殺してくれるのがどこの誰でも、そいつに拍手を送りたい。――しかし、いまさら僕自身があの城まで出かけて行って、あいつをこの手で殺してやりたいかと問われれば微妙だった。

（……だよな。そもそも、あいつに騙《だま》された僕のほうが馬鹿だったんだ）

怒りを感じるのは、むしろ以前の何も知らなかった僕自身に対してである。僕がこの世界で酷い目に遭ったのは、何よりも、軽々しく恭弥を信じた僕の愚かさのせいだ。

それにどっちにしたところで、恭弥はここにいない。ここから遠く離れた国で、まだ世界を救う英雄ごっこをしているはずだ。そんなあいつには、僕が美穂乃とセックスするのを止める力も、病んだ志穂乃の心に擦り寄るのを止める力もなかった。

「……美穂乃、一回だけキスしてみないか？」

「やめて。調子に乗らないで。……それは報酬に含まれてないでしょ」

「まあ確かにな」

「キスは嫌だし、エッチしてる最中に顔を見られるのも嫌。あと中で出すのは絶対にやめて」

「……注文多いな。めんどくさい」

「何か言った？」

こんな軽口めいたやり取りが出てくるようになったのも、美穂乃が段々と僕に染められていっている証拠だ。

僕らの関係は、あくまでも【契約】に基づくものかもしれない。美穂乃は僕と【契約】したからこそ、僕に抱かれている。──しかし見方を変えれば、こいつは僕に抱かれるために、【契約】を免罪符にしているとも言えないだろうか。それはさすがに自惚《うぬぼ》れ過ぎか。

「……秋光くん、何考えてるの？　……そうやって黙られると不安になるんだけど」

「ああ、悪い悪い。じゃあセックスしよう」

「……うん」

不利な条件の【契約】で自分を縛り付ける僕を、望まぬ浮気セックスの相手である僕を、自分の目の前で人を殺した僕を、美穂乃はどんな目で見ているのか。

危険な仕事で心身をすり減らし、性欲に溺れることを繰り返す中で、僕と美穂乃の倫理はますますガタガタになっていった。

（2）

「アキミツさん、ミホノさん。本日はよろしくお願いいたします」

「は、はいリエラさん。よろしくお願いします。私たちのほうこそお世話になります」

ぴしっと姿勢を正し慇懃《いんぎん》に頭を下げたリエラに対し、美穂乃が緊張した面持ちで他人行儀な礼を返した。この二人が、斡旋所の外で顔を合わせるのはこれが初めてのはずだ。

どっちも顔が良くてスタイルが優れていることは同じだが、二人を比較すると、若干リエラのほうの身長が高い。リエラの靴のかかとが高いのと頭に生えた立派な角のせいで、余計にそれが強調されて見える。あとはやっぱり、美穂乃よりリエラのほうが無表情で無愛想だ。

そんなことを考えていると、リエラが僕のほうを向いた。

「アキミツさん、何か？」

「え？」

「いいえ、なんでも」

「…………」

美穂乃は微妙な表情で、僕とリエラを交互に眺めた。

ここはエイギーユの街の中央広場である。街の主要な通りが集まるこの場所には、石造りの噴水があってベンチなども設置されており、待ち合わせ場所として住民にもよく使われる。

「城までは、私が責任を持ってお二人を案内させていただきます。お二人の準備がよろしければ出発しましょう」

リエラがそう言うと、美穂乃は慌てて彼女に問いかけた。

「あ、あの、領主さんに会うのに、私も秋光くんもこんな格好で、失礼だったりしませんか？　特に秋光くんなんか、かなり……」

かなり薄汚れているとでも言いたかったのだろうか。僕としては心外だ。そんな美穂乃の質問に、リエラは涼しい顔で「問題ありません」と答えた。

今回のエイギーユ領主との面会を実現するために、リエラにはかなり骨折りをしてもらった。しかし、別に美穂乃のように恐縮する必要はない。これはこの前の仕事の報酬代わりだ。遠慮せずに受け取る権利が僕らにはあった。

リエラは、僕と美穂乃を先導して、丘の上に見える領主の城を目指して歩き始めた。普段はカウンターの向こうにいるせいで見えにくい尻尾が、揺れることもなくピンとしている。そんなリエラの背中を見たまま、美穂乃はつぶやいた。

「……本当に、信じてもいいのかしら」

「美穂乃にしては珍しいな。リエラのことを疑ってるのか？」

「そんなわけじゃ……でも……」

美穂乃は申し訳なさそうに言いよどんだ。しかし良い兆候だと僕は思った。この世界で自分以外に信じられるものなんてないという気持ちが、こいつにも着実に芽生えている証拠だ。

「確かに、リエラが僕らを罠《わな》にハメようとしてる可能性はあるよな。——どうする？　城に入った途端、兵隊に囲まれて牢屋に入れられたりしたら」

「またそういう……。あなたってば、厭味《いやみ》なことしか言えないの？　……て言うか、リエラさんとか他の人にはそうでもないのに、私にばっかり厳しくない？」

「気のせいだろ」

「……信じるわよ。……信じなきゃ。このチャンスを逃がしたら、次はいつになるかわからないんだから。絶対に、領主さんに志穂乃の薬を作ってもらわないと。そのために私にできることなら、どんなことでもするわ」

そう言うと、美穂乃はリエラの背中を追った。

（……『どんなことでも』か）

僕は、二人の背中のさらに向こうに見える領主の城を、改めて一瞥《いちべつ》してから歩き始めた。

エイギーユの街中には、相変わらず異種族が溢れている。都市としてのエイギーユの発展度合いはこの世界でもたいしたことのないほうかもしれないが、これだけ多様な風景は魔族の支配地域でも珍しい。そのおかげで、人間である僕や美穂乃も、そこまで目立たずに暮らすことができている。

中心部の屋台や居抜きの店が並ぶ賑やかな通りを抜け、大きな屋敷が並ぶ比較的裕福な層の住む区画を通過すると、石造りの城がだんだんと近づいてきた。

「…………」

わき腹の傷痕が痛んでいるような気がする。

さっき美穂乃を煽《あお》っておきながら、あのとき以来、僕は城というものに苦手意識を持っていた。いま視界に映っているものとは雰囲気が異なるが、僕らが最初に召喚されそのあと僕が殺されかけた場所も、これと同じく城だった。

恭弥と、そして「彼女」の顔が思い浮かび、身体に震えが走りそうになるのを、僕は必死にごまかそうとしていた。

「……秋光くん？」

「ところでミホノさん」

「あ、はいリエラさん。なんですか？」

「この街の領主については、ミホノさんはどの程度ご存じですか？」

　領主の城に続く丘を登っている途中、リエラが美穂乃に話しかけた。

「えっと、実はあんまり……そういうこと、秋光くんが全然教えてくれないから。魔族の偉い人なんですよね？」

「はい。現在の領主は、セラフィナ・エイギーユという名の貴族です」

「エイギーユ？　それって」

「はい。この都市の名前は、領主の家名から取られています。――あちらをご覧ください」

「わ、すごい景色……」

　美穂乃は、まるで本職のツアーガイドのように右手をかざしたリエラに従い、街の景色を見下ろして感嘆した。僕らがいる位置は、ちょうど街の全貌を見下ろせる展望所のようなスペースだった。

　街を囲む壁を越え、周囲の畑やこのあいだ逃亡傭兵を捕まえに行った森を越え、遥《はる》か遠くの山脈まで視界が開けている。村や街道なども見えるには見えるが、視界のほとんどを占めるのは、呆《あき》れるくらい広大な自然の領域だった。

　こんな風景は、元の世界ではドキュメンタリー番組でも見ることができなかった。

「エイギーユ家は、かつてはこの街の周囲だけでなく、大陸の西一帯を統治していたこともある、魔族の中でも有数の歴史の深い名家です。あの城も、その当時からこの地に建っていると言われています。現在その当主を務めるのがセラフィナ・エイギーユです」

「ふ～ん……。そのセラフィナ……様？　セラフィナ様って女の人なんですか？」

「はい、そうです。先代エイギーユ公が病で急逝し、その遺児である彼女が跡を継いでから、それほど日が経《た》っていません」

「なるほど……」

もっともらしく「なるほど」なんて言っているが、美穂乃はあまり歴史にも政治にも興味がない。テストで点数は取るが、信長《のぶなが》や秀吉《ひでよし》が教科書に書かれていること以外で何をしたかなんて、知ろうともしないタイプだ。プロレスラーやカンフー映画の俳優の名前はマイナーなのまで頭に入っているくせに、かなり偏っている。

リエラが言ったような事情は、僕もだいたい把握していた。そのセラフィナと面会し、志穂乃を治療する薬を作ってもらうよう依頼するのが、本日の僕らの主目的である。

しかし正直、すんなり願いを聞き届けてもらえるとは思っていない。厳然とした身分というものが存在し、圧倒的な影響力を持つこの世界で、自由傭兵という最下位カテゴリに属する僕らの頼みを、魔族の領主がほいほい叶《かな》えてくれるはずがないからだ。と言うかそんなお人好《ひとよ》しなんて、領主じゃなくても滅多に存在しない。

しかもその新しいセラフィナという領主の評判は、この街ではあまり良くない。噂《うわさ》では、領主になって以来、領民のためにこれと言った政策は行っていないのだという。きっとあの城には、傲慢で意地の悪い女領主が待ち受けているに違いなかった。

なんにしても、僕らがこれから会うセラフィナ・エイギーユが志穂乃の薬を調合してくれる気になってくれるかどうかは、こちらの提示する見返り次第だろう。タダで何かをしてもらうなんて、初めから期待するべきじゃない。

「もうすぐ治してあげるから、待ってて志穂乃」

拳を握りしめて決意を改める美穂乃の後ろで、僕は、これから向かう城の姿を見つめていた。

§

「では、どうしても兵の巡回はいけないと？　なら、ラドリム叔父さまは、いったいどうなさるべきだとおっしゃるのですか!?」

「どうするも何も決まっている。どうする必要もないのだ、セラフィナ」

「なっ――」

「まだわからんのか。村の一つや二つが魔物に襲われたくらいで、いちいち騒ぎ立てるなと言っている。そんなことのために割く兵力など、このエイギーユには存在しない。その程度の仕事は、そこの薄汚い傭兵どもにでもくれてやれ！」

エイギーユの城の謁見の間に大声が響く。偉そうな角とひげを生やした、偉そうな身なりの魔族の男が、磨き上げられた石の床に跪《ひざまず》いている僕らのほうを指さした。僕はじっと黙っていたが、美穂乃は気分を害した声で「そこの薄汚い傭兵どもって、もしかして私たちのこと？」とつぶやいた。

もしかしなくても、その表現に当てはまるのは、この場では僕と美穂乃しかいない。

いまから三十分ほど前にこの城に入り、謁見の間へと通された僕らを待っていたのは、事前に危惧していた兵隊の待ち伏せとかではなかった。貧弱な領地には不釣り合いな城の豪華な謁見の間に現れて、黒曜石のように滑らかな石の玉座に腰かけたのは、一人の魔族の女の子だった。

女の子。ついそう表現してしまうほど、彼女は若かった。外見的にはリエラより若く、きっと僕や美穂乃と変わらない年齢だ。下手をすれば僕らより年下かもしれない。

ピンクブロンドの髪と驚くほど白い肌、そして額から生えた目の覚めるような赤さの二本の角。優雅だが少々露出の多いドレスをまとい、あの座り心地の悪そうな椅子に腰かけているのが、ここ一帯の領主であるセラフィナ・エイギーユその人だ。

そして、そのセラフィナと僕らがまともに言葉を交わす前に、あとからずかずかと入ってきたのが、あの偉そうな魔族の男である。男はセラフィナを頭から怒鳴りつけ、さっきから言いたいことを言っていた。

この世界の平民が貴族にまみえる礼儀として、僕とリエラは床に片膝をついて顔を伏せている。美穂乃もそれに倣《なら》っていた。そんな僕らを完全に放置した状態で、彼らの言い争いは延々と続いている。

「セラフィナ、そんな些末《さまつ》なことよりもヴェロンドに送る兵を増やすのだ。既にあそこには諸侯の兵が集まりつつあるのだぞ。このままではエイギーユの家名が笑いものになる！　お前はそれでいいのか！」

「わ、わかります。わかっていますす叔父さま。ですがそれこそ……これ以上の兵を派遣する費用など、この領内のどこにも――」

「――チッ！」

露骨な舌打ちの音が謁見の間に響く。セラフィナはそれに怯《おび》えたみたいに、全身をビクリとすくませた。

「なんなのよ、あのムカつく態度……」

僕の隣でそうつぶやいた美穂乃は、ああいうタイプのオッサンが昔から大嫌いだ。理不尽に威張る中年の体育教師に正論で言い返したとか、電車で後輩の女子を痴漢していたオッサンを捕まえて駅員に突き出したとかいう武勇伝もある。

この城の門をくぐったときは、志穂乃のために失礼が無いようにしなきゃなんて言っていたくせに、かれこれ数十分、こうやって跪いたままひたすらよくわからない向こうの事情を聞かされて、こいつもだいぶ頭にきているらしい。

「美穂乃、一応言っとくけど、割って入ってあのオッサンをぶん殴ったりするなよ」

「するわけないでしょ!?　……て言うか、あの偉そうなおじさん、いったい誰なのよ」

「セラフィナ様のお父上の弟君、ラドリム・エイギーユ様です」

美穂乃の疑問に答えたのはリエラだった。セラフィナの父親の弟ということは、確かに彼女にとっては「叔父さま」だ。セラフィナは最初、領主らしくあの男のことを「ラドリム」と呼び捨てしていたのだが、話がヒートアップするうちにいまの「叔父さま」呼びになっていた。

「ラドリム様は、セラフィナ様の後見人を務めていらっしゃるそうですが……」

「ふ～ん。この話、さっきからずっと続いてるけどいつ終わるの？」

「さあ……」

そればかりは、有能な斡旋所職員であるリエラにもわからないらしい。

そしてちょうどそのあたりで、セラフィナの声のトーンが落ち始めた。少しだけ顔を上げて盗み見ると、最初はラドリム叔父さんを正面から見据えていたセラフィナの顔は、いつの間にかしゅんとうつむいてしまっている。

「そもそもセラフィナ。お前が薄汚い自由傭兵――しかも愚劣な人間風情の話をどうしても聞きたいなどというから、特別に願い通りにさせてやったのだ。わかっているのか」

それにしても後見人とは言え、ラドリムはセラフィナに対してずいぶん上から目線だった。

「薄汚い自由傭兵」かつ「愚劣な人間風情」である僕らは、なおさら口を挟めなかった。

「わかるかセラフィナ。領主とは、そのような気まぐれで動いていて務まるものではないのだ。

貴い血の誇りと威厳、それを何より重んじろ」

「……はい」

「私がお前を後見するのは、亡き兄上の遺志だ。兄上は、お前が領主として独り立ちできるようになるまで、諸事を頼むと言い遺された。……いいな？　私はお前のためを思っているのだ。お前はすべて私の言った通りにしていればいい。理解したなら返事をしろ、セラフィナ。……――セラフィナ！」

「……はい、叔父さま。……申し訳ありませんでした」

若い領主さまは、結局こうして自分の叔父さまに言い負かされてしまった。あまりにもしょんぼりしているせいで、頭の角までうつむいているように見える。

それとは対照的に、満足した様子のラドリムは、この部屋に入ってきたときよりもさらにふんぞり返った態度で出て行った。そのついでに彼は、見下した表情で僕らを一瞥し「フン」と鼻を鳴らすのも忘れなかった。

あそこまで露骨な態度を取ってくれると、僕としては逆に、あの叔父さんに好感を抱きたくなる。好意を抱いているフリをして近づいてこられるより、よっぽどわかりやすい。

警護の兵隊は、ラドリムと一緒にみんな引き上げてしまい、謁見の間にはセラフィナと僕らだけになった。広間にぽつんと残されたセラフィナは、玉座に腰かけたままうなだれている。

そこにはラドリムが言っていた「威厳」というやつの欠片《かけら》もない。

この状況、仮に僕らがセラフィナの命を狙いに来た暗殺者とかだったら、どうするつもりなのだろうか。余計なお世話とは言えそういうことが気になった。

そんなことを考えていると、玉座から響いた憂鬱なため息が、僕の耳にまで届いた。

「……はぁ」

それは普通の女の子の声だった。さっきラドリムと言い争っていたときは、あれでも彼女なりに威厳を保とうと声を作っていたことがわかる。

僕と美穂乃とリエラの三人は、相変わらず床に跪いたまま動かない。貴族じゃない僕らは、領主であるセラフィナに対して、誰かに取り次いでもらうか、直接話しかけられるまで勝手に口をきいてはならない。従って、僕らのほうから彼女に「大丈夫ですか？」と声をかけるなんていう真似《まね》は、間違ってもできない。世話焼き体質の美穂乃だけが、ムズムズと話しかけたそうにしていた。

「はぁ………」

もう一度、さっきより大きなため息が聞こえた。

そのあとさらに微妙な沈黙が流れてから、ようやくセラフィナは顔を上げた。

「すみません、みなさん。お待たせして申し訳ありませんでした」

これでようやく喋《しゃべ》れるみたいだ。そう思いながら、僕は口を開いた。

「いえ、とんでもございま――」

「あっ!!　……あの、もう一度最初からやり直してもいいですか？」

「は……？」

「——こほん」

僕は、セラフィナが何を言っているのかわからず、つい顔を上げた。

セラフィナは目をつぶり、自分の胸に手を当てて呼吸を整えると、変に気だるそうな表情に切り替えて、玉座の肘置きに寄りかかった。

「ここまで大儀でした、人間たち。わたくしがこのエイギーユ領の統治者にしてエイギーユ家の当主、セラフィナ・エイギーユです。わたくしの前で頭を上げる栄誉を、あなた方に特別に授けましょう」

しばらくの沈黙を挟んで、美穂乃がつぶやいた。

「……いまの何？」

「おそらく、ミホノさんたちへの謝罪をごまかそうとしたのではないでしょうか。魔族の貴族社会では、平民に対して自分の非を認めるのは、非常に屈辱的な行為だとされているので」

「そうなんだ。結構めんどくさいのね……」

「はい、我々も貴族の方々と面会する際には神経を使います」

美穂乃に釣られて、リエラまでがヒソヒソと話している。

しかしそうしたくなるのも理解できる。

元の世界の学校で、優しいけど舐められるタイプの若い女の先生が、どんなに真剣な顔をして声を張り上げてもクラスが静かにならないときがあったが、まさにそんな感じだ。

ここの領主は、見るからに意地の悪い女魔族だという僕の予想は外れていた。セラフィナは、魔族としての威厳どころか、全体的にどこかほわほわした雰囲気を漂わせている。肘置きに肘を突いて、できるだけ高慢な態度で振る舞おうとしている様子だが、かなり無理をしているように思える。さっき叔父さんに怒られていた様子や、そのあと落ち込んでいた様子を目にしているだけに、なおさらそう見えた。

「あのお姫様、なんか無理してないかしら」

美穂乃に指摘されるくらいだから相当のものだ。

しかし、あれを素直にセラフィナの本性だと捉えるのは尚早だろう。これが僕らを油断させるための、巧妙な擬態でないという保証はどこにもない。何しろ似たような例を、僕は良く知っている。

「あなた方のお名前は？」

「……秋光です」

「松坂美穂乃です」

「……アキミツさんと、マツザカミホノさんですか。不思議な響きのお名前ですね。わたくしは人間の方とこうして接するのは初めてなのですが、本当に角も尻尾もないのですね……」

ややり身を乗り出したセラフィナの背後でピコピコ動く尻尾は、彼女の好奇の感情を示している。――と言うか、セラフィナが取り繕おうとした高慢な態度は既にほぼ崩れているが、自分では気付いていないのだろうか。もしこれが天然じゃなく、僕らを油断させるための演技なのだとしたらたいしたものだが――。

僕は自分に油断するなと言い聞かせながら、改めて頭を深く下げた。頭の中で考えるだけじゃなく、こっちから発言して会話の主導権を握らなければと思った。

「セラフィナ様、お目にかかれて光栄です。ご多忙の中、僕らのために時間を割いていただき、心より感謝いたします」

美穂乃が、僕の態度の豹変《ひょうへん》っぷりに目を丸くしているが、それは無視だ。

セラフィナはにっこり微笑んでうなずいた。

「はい、初めましてアキミツさん。……あの、先ほど叔父さま……んん、ラドリムがあなた方に言ったことでしたら、あまり気を悪くなさらないでくださいね。叔父さ……んんっ、ラドリムがああいう態度を取ったのは、わたくしのためを思ってなのです」

セラフィナのためを思って。――僕にはどうひいき目に見てもそう感じられなかったが、セラフィナ本人がそう言うならそれでいい。それは僕が首を突っ込むべき事柄じゃない。だから僕は言った。

「気を悪くするなど、とんでもありません」

どのみちどんなに馬鹿にされたところで、僕がラドリムに反発できるはずもない。何しろあっちのほうが、あらゆる意味で立場が上なのだ。美穂乃のようにいちいち気を悪くするだけエネルギーの無駄だ。

それよりも、さっきのセラフィナとラドリムの会話の中に気になる点があった。

「恐れながらセラフィナ様」

そう切り出した僕に、美穂乃が訝《いぶか》しそうな目を向けた。

「どうかいたしましたか？　アキミツさん」

「私と美穂乃は、セラフィナ様の領内で自由傭兵として働かせていただいております」

「はい、そう聞き及びました。自由傭兵の方々には、エイギーユ領のために日頃から様々なお仕事をこなしていただいているそうですね。わたくしからも感謝——……あ、いえ」

セラフィナは中途半端に言いよどんだ。どうやら彼女は、目下の者に謝るのも駄目なら、気軽に感謝するのもNGらしい。

それにしても、この子の自由傭兵に対するイメージはどうなっているのだろう。自由傭兵は、僕を含めて、まともな職につけない腐ったやつらの集まりだ。奴隷並みに命が軽く、このあいだみたいな内輪の不毛な命の取り合いすら日常茶飯事である。

「ありがとうございます、セラフィナ様」

僕はそんな自分の思考を隠し、逆にセラフィナに感謝を述べてから言葉を続けた。

「先ほどうかがいましたが、この領内に村を襲う魔物が出るというのは本当でしょうか」

「……聞いていたのですね。はい、その通りですアキミツさん」

セラフィナは悲痛な声で認めると、自分の膝の上でぎゅっと拳を握りしめた。領内の被害に胸を痛める、慈愛に溢れた心優しい領主の演技としては上々だ。

「実際に村が襲われたのは二十日前のことです。しかしそれがわたしの耳に入ったのは、つい昨日でした。……領主として大変恥ずかしいことですが、わたしはそれまで何も知らなかったのです」

いつの間にか、セラフィナの一人称が「わたくし」から「わたし」へと変わっていた。

そこからセラフィナは、このエイギーユ領の領境に近い村が魔物に襲われた事件について僕らに語った。僕の隣にいる美穂乃は、どうして僕がこの話題を自分から振ったのか、最初は不審に思っている様子だった。しかし、襲われた村の状況をセラフィナから聞いているうちに、だんだんと話に集中していった。

「せめて他の村が襲われないよう、兵を巡回させようと考えたのですが、叔父さまはあの調子で……。説得しても聞き入れてもらえませんでした。それでもわたしが勝手に兵を動かそうとしたのを、家臣の誰かから聞いたようです。それで今日は……あんなふうに」

領主なのに領内のことに決定権を持っていない。兵隊を動かす力を含め、実権は後見人のラドリムに握られてしまっている。いまのでセラフィナはそう告白したに等しい。

それならこの憂鬱な表情もうなずける。同時に僕がセラフィナに取り入るとしたら、ここしかないだろう。僕はできるだけ溌溂《はつらつ》とした声で言った。

「セラフィナ様、もしよろしければ、その役目を僕らに命じていただけませんか」

「アキミツさんに……ですか？」

「はい、そうです。どうか僕らをセラフィナ様のお力に。ラドリム様が仰《おっしゃ》られていた通り、こういう仕事は自由傭兵の僕らにお任せください」

何が「僕らにお任せください」だよと、僕は内心で自分自身にツッコミを入れた。我ながら、よくこんな心にもない台詞を口にできるものだ。馬鹿じゃないだろうか。寒さのあまり鳥肌が立ちそうだ。拒否反応で反吐《へど》が出る。そもそも、こういうヒーロー気取りの歯の浮くような臭い台詞は、あいつの――柊恭弥の得意技だ。

でも僕は学んだ。恭弥たちに貴重な経験をさせてもらったお陰で、以前よりほんの少しだけ利口な人間になることができた。

強い立場の者に媚《こび》を売り、弱い者から搾取する。それがいまの僕の姿だ。

まったくもって反吐が出る。

そんな僕の前で、セラフィナがうつむいた。彼女は自虐的なことを言った。

「ですが、いまアキミツさんが見た通りです。アキミツさんたちに何かしてもらっても、わたしには何もお返しできるものが……。正直に言うと、わたしはただここに座っているだけです。

お金でお支払いしようにも、それだって自由には……」

「いいえ、違います。セラフィナ様にしかできないことがあります」

「――え？」

セラフィナが本音を喋っているのか、それとも演技をしているのかはまだ読めない。しかし確実なことは、初めから信じなければ、裏切られる心配は元からないということだ。

僕は革のグローブをはめた拳で、自分の胸を叩《たた》いた。

「セラフィナ様に頼みたいことの内容は、いずれお話しします。その前に、僕と美穂乃でセラフィナ様の心配を片付けて見せます。安心してお任せください」

そんなことを言ってのけた僕を、セラフィナの期待に満ちた瞳が見つめていた。

§

どうやら無事に戻ってこられたようだ。

エイギーユの城から出て街の風景を目にしたとき、僕はまずそう思った。

僕のような低い身分の人間が魔族の領主の前であんな大言を吐いて、無礼者めと囚われたりしなかったのは、セラフィナがああいう魔族だったということもあるが、やっぱり運が良かったのだと思う。

城の入り口で取り上げられた剣も、無事に手元に返ってきた。

「秋光くん。セラフィナ様にあんなこと言ってどうするつもりなの」

城を出てから、ずっとすたすた坂道を下っている僕に、美穂乃が話しかけてきた。

「決まってるだろ。あの世間知らずなお姫様を、僕らの目的のために利用するんだよ」

「……目的って、志穂乃の薬を作ってもらうことよね」

「もちろんそうさ。いきなり頼むより、こっちから条件を持ちかけたほうが主導権を握れると思ったからああしたんだ。……それに、これで僕は正式に領主の依頼を受ける立場になった。そういう後ろ盾があったほうが、これから行動するのに何かと心強いし便利だろ。セラフィナがお飾りの領主かどうかなんて、たいして重要じゃない」

「…………」

「村を襲った魔物か。美穂乃はどんなやつだと思う？　――リエラさん」

「はい」

「襲われた村と魔物について、情報を集めてもらえませんか？　もちろん報酬は支払いますから」

「承知しました」

僕らに同行していたリエラは、僕とセラフィナのやり取りの一部始終を目にしていたが、特に僕への態度を変えていない。それを美穂乃は少しだけ怪しむ目で見ていた。

これまで利己的に振る舞ってきた僕が、単純に志穂乃を救うためにセラフィナにああ言ったんじゃないってことも、美穂乃だって薄々は理解しているだろう。しかし、志穂乃の治療にはセラフィナの協力を得ることが不可欠であり、僕は決してその目的から逸脱した行動はとっていない。だからこそ、【契約】のルーンも何も反応していない。

（……見てろよ。今度は上手《うま》くやってみせるさ）

いまさら元には戻れない。

ならせめて、今度は僕が、あらゆるやつらを利用する側に立ってみせる。

ここから見下ろす街の風景は、どこかこれまでと違って見えた。

（3）

セラフィナとの謁見でエイギーユ領内の村を襲う魔物への対応を引き受けた僕らは、さっそくその日のうちから行動を開始した。まずは情報集めだ。セラフィナと彼女の叔父のラドリムが言っていたことが本当に正しいのか、事前にできるだけ確かめておく必要がある。

まず、エイギーユ領で治安維持のための兵の数が足りていないのは本当のようだ。以前から街の中で空き巣が多発しているという噂があったが、衛兵はそれに対処できていない。セラフィナが言うように兵士に壁の外の村を巡回させるなんて、なおさら無理だろう。

それでもこの規模の街なら、本来は常駐している兵がもっと多かったはずだ。それがどこに行ってしまったかというと、どうやら別の街らしい。これはリエラからの情報だ。ただし、なぜ別の街にエイギーユの兵隊が派遣されたのかまでは不明だ。

(もしかして、どこかで戦争でもやってるのか……?)

少しくらいはこの街以外の情勢についても学ぶ必要がありそうだと、僕は部屋で地図とにらめっこしながらぼんやり考えた。

いずれにせよ、領主であるセラフィナの評判は悪くなっていた。試しに美穂乃と一緒にいくつか村を回ってみると、「あの新しい領主は自分たちのために何もしてくれない」という住民の不満を聞くことができた。

「——なるほど、そうなんですか村長さん。それは大変ですね」

「ああ、きっと若すぎるのがいけないんだなぁ。それにやっぱり、女っていうのがどうしてもねぇ。つっても、わしらは新しい領主様の顔も拝んだことがないが」

「即位式とか、お披露目の何かとか……そういうのなかったんですか?」

「ないね。それどころか領主様はお城に引きこもって、一歩も出てこないらしい」

「でも僕らは、そのセラフィナ様の命令でこの村を見回りに来たんですよ」

「あんたたちが?」

僕の前で目を見張ったのは、エイギーユ領内の小さな村の村長である。ここは村長の屋敷

――と言っても、他より少し広く部屋数が多いだけの小屋だ。

「じゃ、さっきの印章は……」

「はい、セラフィナ様からお預かりしました」

「ほぉ……あんたたちがねぇ……」

一瞬、村長の視線が、魔族ならば角が生えているはずの僕の額のあたりに注がれた。

「なら、領主様の悪口みたいなのを言ったのはまずかったかな。別にそんなつもりじゃなかったんですよ」

「ははは、誰にも喋ったりしませんから安心してください」

にこにこと薄っぺらい笑顔を浮かべる僕のことを、村長があごひげをしごきながら値踏みしている。彼が僕に対して辛うじて丁寧な言葉遣いをしているのは、セラフィナからもらった正式な領内の通行証明を見せたからだ。領主からのお墨付きは、自由傭兵の証《あかし》なんかよりよっぽど世間から信用される効果がある。思った通りだった。

「ところで、魔物がこの近くに出て、村を襲ったって聞いたんですけど本当ですか？」

「ええ、それなら隣の隣の村のことです」

セラフィナのことを明かしてから、僕に対する村長の態度はより丁寧になった。

「可哀《かわい》そうな話ですよ。みんな殺されて、生き残ったのは一人もいなかったとかでね。魔物が出るのはいつものことですが、ここまで酷いのは珍しいですな」

「どんな魔物だったとかは聞いてませんか？」

「さぁ。何しろ見た者はみな……」

「……この村に魔物は？」

「近くの林にヴァッジャーが巣を作ったくらいですよ。……と言ってもまぁ、収穫期前なので作物が荒らされないか心配しておりますが。あの林には薪《まき》を採りに行かなければなりませんし……」

村長はイノシシのような外見の魔物の名を挙げ、何かを期待する目を僕に向けた。

（これはやっぱり、僕らに退治して欲しいってことだよな……）

ヴァッジャーは繁殖期になると警戒心が強くなり、縄張りに踏み込んだ生物に猛然と突進してくる。ただし普段は比較的大人しく、村を全滅させるような危険度の高い魔物ではない。

（本命の魔物じゃないんだし、別に放っておいても良いんだけど……。仮に本命が見つからなかったときに、セラフィナに「やってた」って言い訳する材料は必要かな）

そう考えるとヴァッジャーは手頃だ。単細胞な魔物だから、美穂乃とも噛《か》み合うだろう。

「わかりました村長さん。僕らに任せてください」

僕はそう請け負うと、村長に背を向け小屋を出た。そして日差しの明るい屋外で、村の子どもたちにまとわりつかれている美穂乃を見つけた。

「お姉ちゃん、角がないの？　しっぽもないけど、どっかにおとしちゃったの？　わたしがいっしょにさがしてあげる？」

「ううん、捜さなくても大丈夫。え～っと……落としちゃったっていうか、お姉ちゃんには、初めから角も尻尾もないんだよね。そういう身体なの」

「え～、嘘だぁ！　嘘つき！　この姉ちゃんおれたちに嘘ついてるぜ！」

どの子も幼稚園か小学校低学年くらいの年頃だ。彼は年相応の小さな角と尻尾を、額とお尻のところにちょこんと生やしている。その中でもやんちゃっぽい男の子が、美穂乃が嘘つきだと言っていた。こんな田舎に暮らしていてあの年齢なら、他の種族を見たことがないということもあるのかもしれない。

美穂乃はと言えば、幼児相手に一瞬頬を膨らませてから反論していた。

「嘘じゃないよ。ホントだってば。初めから生えてないの」

「へぇ～、なら、頭見せてみろよな！」

「うん、いいよ。ほらどう？」

「……！」

美穂乃が手で前髪を上げて生え際《ぎわ》をさらした。

「あ、あ……」

「あれ？　君、どうして真っ赤になってるの？」

「う、うっせぇ！　行くぞおまえら！」

「あ、ねえ！」

美穂乃をその場に置いて、子どもたちは走り去った。そのあとから僕が近づくと、美穂乃は僕のほうに顔を向けた。

「秋光くん、村長さんとのお話は終わった？　……もしかしていまの見てたの？」

「ああ」

「あの子たち、どうして急に逃げちゃったんだろ……」

「さあね」

僕は適当にはぐらかした。けど、あの男の子が真っ赤になった理由はだいたいわかる。

角や尻尾の生え際は、魔族にとってはかなりデリケートな部分だ。美穂乃がした行為は、元の世界で例えるなら、公園でちょっと痴女なお姉さんがシャツの胸元を開けて谷間をアピールしてきたくらいに相当する。幼い子どもには、かなり刺激が強かったに違いない。

「美穂乃、頼むから変な揉め事は起こさないでくれよ」

「は？　何よそれ。私がいつそんなことしたっていうわけ？」

「帰ったら教えてやるよ。それより魔物の駆除を引き受けたから行くぞ」

僕が歩き出すと、しばらくしてから駆け足の美穂乃が追い付いてきて隣に並んだ。

「魔族の村って、こんな感じなのね」

「…………」

「大人はみんな畑で働いてるし、子どもたちは可愛《かわい》いし。のどかって言うか……なんか、普通だね。もっと怖いところなのかと思ってた」

「……どこもこうなわけじゃないよ。よそ者に石を投げてくるような場所だってあるさ」

でもそれは魔族に限らず、人間の村でも同じだ。

「私、魔族の人たちのこと、いろいろ誤解してたみたい」

美穂乃は晴れやかにそう言ったが、僕と再会したときのこいつは、魔族をはじめこの世界の異種族に対して拒絶反応に近い嫌悪感を示していた。そのことを美穂乃自身は覚えているだろうか。


――突然お呼び立てしてすみません。ですが私たちを滅ぼそうとする者に対抗するために、異世界のあなた方の力を貸していただきたいのです。


美穂乃の「誤解」が生まれた原因は、そうなるように仕向けたやつがいるからだ。人間の天敵である魔族が理不尽な侵略を繰り返していると、あの国では徹底的に教えていた。

けど、それはいまさらどうでもいい。僕に関わりのないところでなら、あそこに残ったクラスメイトたちが何に利用されていようが、ものすごくどうでもいい話だ。

「余計なこと言ってないで、目の前の敵に集中してくれよ」

僕はそう言うと、美穂乃と一緒に村の近くの林に向かった。

その後、ヴァッジャー退治はアクシデントもなく終わった。僕と美穂乃は喜んだ村長から思いがけない歓待を受けた。――倒したヴァッジャーの肉を振る舞われた美穂乃は、口の端をひきつらせていたが、案外まんざらでもなさそうだった。

§

「そうですか、報告は良くわかりましたわ。ご苦労でしたアキミツ」

床に片膝をつく僕を冷ややかに見下ろし、芝居がかった台詞でねぎらう。露出の多い妖艶なドレス姿のセラフィナが座る謁見の間の椅子は、相変わらず座りにくそうだった。

今回、僕とセラフィナ以外にこの謁見の間にいるのは、槍《やり》を持った衛兵と、複数の初めて見る魔族だった。立ち位置からして、どうやらセラフィナの家来らしい。みんなセラフィナよりずっと年上で、あのラドリムと同年代くらいの男魔族だ。

しかしラドリムの姿は見えない。

セラフィナに対する僕の隣には美穂乃もリエラもいない。仕事の経過報告を兼ねた今日の謁見には、僕一人で来た。

「あなたの奉仕に見合った褒美は、あとで届けさせましょう」

「ありがとうございます、セラフィナ様」

「いいえ、こちらこそ――」

その瞬間、僕に向けられていた周囲の視線が、セラフィナのほうに集まった。セラフィナは口をつぐむと、口にしかけた感謝の言葉を呑《の》み込んだ。代わりに口を開いたのは側近魔族の一人だ。貴族っぽい豪華な服を着ているが、体格のがっしりした強面《こわもて》である。

「だがその魔物は、先日村を襲ったものとは違うのだな？　返答しろ人間の若造」

「はい、そうです。懸命に捜しておりますが、そちらはまだ発見できていません」

「まだ？　なんとも仕事の遅い……それでセラフィナ様からの褒美を受けようと言うのだから呆れるわ。図々しいにもほどがある」

「まあまあ、所詮は人間の若造のすることですからな。そこは大目に見てやりませんと。……しかし、成果もなく報酬ばかりを要求するのは、いかがなものかと私も思いますすな」

セラフィナ以外が僕に向かって口々に好きなことを言う。報告はこれで三回目だが、前回と前々回もこうやって囲まれて詰められた。だから美穂乃は連れてきていない。

「はい、大変申し訳ありません！」

僕は頭を深く下げ、居並ぶ重臣の方々に、自分の不甲斐《ふがい》なさを心から詫《わ》びた。――そう見えるポーズをとった。こうやって頭を下げてごまかせる話なら安いものだ。僕にプライドなんてものはとっくにない。

この場ではセラフィナだけが、僕に対して申し訳なさそうな目を向けている。

「あの……ですが、彼らに領内の巡回を任せて以来、魔物被害が報告されていないのも事実です。その働きは認めてあげなければと――！」

「セラフィナ様、そんなものは偶然に過ぎません。この者の行動と同時期に、たまたま魔物の出現が収まっただけのことです」

「セラフィナ様、甘い顔を見せればつけあがるのが平民ですぞ！　しかもこやつは自由傭兵でございます！　名誉も誇りもない！　金を搾り取ることしか考えておらぬ薄汚い者どもです！」

「アキミツさんの働きは、認めてあげなければと思うのですが……」

左右から物凄《ものすご》い勢いで発言を遮《さえぎ》られたセラフィナは、次第に縮こまっていった。そして最終的に、小さな声で「……はい」とつぶやいた。すると家来たちは一様に、勝ち誇ったように胸を反らした。

セラフィナが実は狡猾《こうかつ》な領主で、慈愛に満ちた言動は猫を被《かぶ》っているだけなのかもしれないという僕の考えは、今日までのあいだにほぼ消え去っていた。やはり単に、父親の死によって何もわからないまま領主を継ぐことになってしまった女の子が、叔父さんや家来たちにやりたい放題されていると解釈したほうがしっくりくる。

もちろんあらゆる可能性は捨てては駄目だが、しょんぼり落ち込むセラフィナを見ていると、彼女が何かの悪だくみをしているようには思えないし、そもそも彼女は悪だくみ全般に向いていない性格に思われた。

（……いや、何考えてるんだ僕は。そう簡単に他人を信じるなって、あれだけ痛い目に遭って学んだろ。……仮にセラフィナがただの無能なら、それはそれでこっちの目的のために都合よく利用してやるだけだ）

やがて家来たちは謁見の間を出て行き、僕とセラフィナだけが残された。主人よりも家来が先に退出するのがこっちの貴族の作法だとは聞いていないから、これはセラフィナが、本当には彼らに敬われていない証拠だろう。

二人きりになると、セラフィナは僕に謝った。

「……すみませんでした、アキミツさん」

「いいえ」

「……あの、ところで、先日お話しいただいたシホノさんの薬の件なのですが、症状の様子から推測して、効果のありそうな配合を考えてみました」

僕が顔を上げると、高慢な魔族の領主の仮面を捨てたセラフィナが、少し疲れた笑顔でこちらを見つめていた。美穂乃の妹である志穂乃が病気をしていて、僕らがその薬を探しているということについては、前回の謁見の際にセラフィナに打ち明けてある。

セラフィナは椅子から立ち上がり、僕のすぐ目の前まで歩いてくると両手で封書を差し出して見せた。上質な白い紙の封筒に、赤い封印が押してある。

「必要な材料はここに書いてあります。どうぞ、アキミツさん」

セラフィナからは、かすかに不思議な香りが漂ってくる。こういう立場のお姫様なら香水くらいつけていて当然かと思ったが、どうやら違う。もっと自然な花か草のような香りだ。

「ありがとうございます、セラフィナ様」

「いいえ、決してお礼を言われるほどのことでは……。それに、これでシホノさんが快復するかどうかは、実際に服用していただかないとわかりませんし……」

僕が跪いたまま、恭《うやうや》しく手を掲げて封書を受け取ろうとすると、セラフィナはなぜか、なかなかそれをこっちによこそうとしなかった。

もったいぶっているのは、何か追加の交換条件を押し付ける気なのか。僕がそう訝しんだところで、彼女は言った。

「どうか顔を上げて……――立って受け取ってもらえませんか、アキミツさん」

「…………」

セラフィナは、薄汚れた僕のような自由傭兵とも対等に接しようとしていた。だとしたら、やはり僕は、彼女のこの言動を本心からくるものだとは取りたくない。

これは、僕らをこの世界に召喚した彼女そっくりのやり方だからだ。話しているうちにいつの間にか心を許し、あちらに取り込まれてしまう。僕がこの世界に来たとき、彼女に感じた危険と似たようなものを、目の前のセラフィナにも感じる。

「お気遣いとんでもありません、セラフィナ様」

だから僕は、そう言って跪いたまま封書を受け取ると、あとは余計な言葉を交わさずに謁見の間を辞去した。


「おいお前、こっちに来い」

そのあと真っ直《す》ぐ城から出ようとした僕は、途中で二人組の衛兵に止められた。そしてその二人に、会議室のような部屋に連れていかれた。

あからさまに不穏な空気だ。武器は城の入り口で取り上げられたから携帯していない。いざとなったら途中で刻んだルーンを爆破して、そのどさくさに紛れて逃げよう。僕は何食わぬ顔をして、頭の中でそういう算段を付けた。そこで部屋に入ってきたのは、なんと謁見の間に姿が見えなかったセラフィナの叔父のラドリムだった。

「アキミツと言ったな、警戒せず楽にするがいい」

ラドリムはそう言った。

僕は突っ立ったままラドリムの話を待った。

「そうは見えんが、貴様はなかなか使える……優秀な自由傭兵のようだな」

「ありがとうございます」

「うむ。言っておくが、この前の貴様への態度で私を誤解するな。私は見どころがあるならば、年齢も種族も関係がないと考えている。上に立つ者はそうでなければならんからな」

「…………」

「ひとつ、忠告してやろう。何を考えてあの娘の機嫌を取っているかは知らんが、取り入る相手を間違えるな」

「はい」

僕は頭を下げた。ラドリムは満足そうにうなずくと、部屋を出て行った。


僕は家に帰ってきてから、セラフィナからもらった薬のレシピのことを美穂乃に話した。

「じゃあ、これで志穂乃が――」

「治るって決めつけるなよ？　セラフィナは、効き目があるかどうか実際に使ってみないとわからないって言ってたんだ。駄目だったらまた振り出しだ。それは覚悟しといたほうがいい」

そうなって余計落ち込む羽目にならないよう、僕は美穂乃に釘を刺した。

「む……わかってるわ」

「ならいいさ。明日からはここに書かれてる薬草を集めよう」

「……村の見回りはどうするの？」

「もちろん中断しないさ。やるって言ったからにはね」

「……まあ、そうよね」

志穂乃のことを優先して、セラフィナから引き受けた仕事を放り出すつもりはない。単純に両方ともやるだけだ。

僕はラドリムと会話したことは美穂乃に黙っていた。

そんな僕がラドリムの言葉を再び思い出したのは、それから数日後に、ヴァッジャー退治を依頼してきた村を再訪したときのことだ。

§

「……うそ」

目の前に広がる凄惨な光景を前に、美穂乃は呆然《ぼうぜん》と立ち尽くし、震える声でつぶやいた。

僕は、仮に仕事を終えて家に帰ったとき、志穂乃がベッドの上で死んでいたら、こいつは同じようなリアクションをするのかもしれないなと思った。

村の入り口にいる僕らの前に、住民の死体が転がっている。

それも一つ二つじゃない。村の奥に行くに従って、死体の数は増えていく。

一番手前の死体は、村の入り口に立っている僕らのほうに手を伸ばしている。どうにか村を出ようとして、直前に息絶えてしまったようだ。背中が布の服ごと斬り裂かれ、それが致命傷になっている。血は既にドス黒く変色し、無数の虫がたかっていた。――この死体の顔には見覚えがある。僕らが前にここに来たとき、村長の家を教えてくれた住民だ。

「ううっ……！」

死臭に耐えかねた美穂乃は、その場で口を押さえてうずくまってしまった。僕はその隣から前へ進み出ると、死体の傍にしゃがみ込み傷口を観察した。死んでからだいぶ時間が経過している。

この村に到着するかなり手前から予感はあった。この前ここに来たときは、遠くからも子どもたちがはしゃいでいる様子が見えたのに、それが無かったからだ。

「うっ、げほっ、――はっ、はぁっ、はぁっ、はぁっ」

「警戒しろよ、美穂乃。まだ村の中に敵がいるかもしれない」

と言っても村はひっそりとしていて、生き物の気配はしない。

僕は立ち上がり、腰の鞘《さや》から剣を抜いた。そして足元の死体をまたぐと、一番手前の民家に入った。その石積みの壁と藁《わら》ぶき屋根の家の中でも、住民が死んでいた。

一家で食事をしていた最中に、何かが乱入してきたのだろう。ひっくり返ったテーブルと、床に落ちた木の食器類。二人の子どもとその両親らしい魔族が、部屋の隅っこで息絶えている。床にぶちまけられたまま腐敗した食事の臭《にお》いは、やはり相当日数が経過していることを示していた。

僕はさらに村内の他の家や納屋を見て回った。閉まっている扉はブーツで蹴り開けて、室内からの奇襲に備えた。そうやって全ての建物をチェックし終わると、美穂乃のところまで戻ってきた。

「手遅れだ。みんな死んでたよ」

「死……？　そんな、嘘でしょ？　まだ誰か一人くらい……——そうよ、あの子たちは!?」

僕は首を横に振った。

もし生き残りがいたら、近くの他の村かエイギーユの街に駆け込むだろう。そしたら斡旋所経由で僕らの耳にも届く。それがないということはつまり、間違いなく住民は全滅したということだ。

「なんで、どうしてこんなこと……」

「例の魔物に襲われたのかな」

「魔物……？」

美穂乃がつぶやき、僕は剣を鞘に納めた。

「そいつがみんなを殺したの？」

「ああ」

そのとき僕は、とっさに美穂乃に嘘をついた。

この村が何か凶悪な魔物の餌食になったのだとしたら、この状況は変だ。もし群れで襲ってきたにしても、それだけじゃ皆殺しまではいかない。散り散りになれば、一人くらいは逃げ切れる可能性が高い。

しかも、この村の死体は、鋭い刃物で斬られるか突かれるかして死んでいる。死体には虫がたかっており、鼠《ねずみ》のような小動物に荒らされた痕跡はあるが、原形はとどめていた。ついでに住民が死んだあとに、誰かがドアを開け閉めした形跡のある家もあった。

つまり、この村を全滅させた犯人は――。

「帰るぞ、美穂乃」

この状況をセラフィナに報告すべきかどうなのか。それとも見なかったことにして口をつぐむのか。ここでは判断しきれない。とりあえず、どんな危険が潜んでいるかわからないここから、すぐに離れるべきだった。

「おい美穂乃、聞こえてるか?」

繰り返し呼びかけると、さっきから口を閉ざしていた美穂乃は、やけに悲壮な表情で訴えてきた。

「……ねぇ、なんで?」

「なんでって言われても、ここで僕らができることは、もう何も――」

「違うわよ! 秋光くんは、なんでそんなに平気な顔できるのって聞いてるのよ! こんなに……こんなにいっぱい、人間が死んでるのに」

「人間じゃなくて魔族だろ」

　僕が皮肉で返すと、カッとなった美穂乃は両手で僕の胸倉を掴もうとして、途中で腕をだらんとぶら下げた。

「そういうこと言ってるんじゃないでしょ……？　いつもいつも、なんでそんなふうに……。この前あの人を殺したときだって！　ねえ、どうして私たち、こんなところに来ちゃったの？　ねえ、どうしてこんなことになっちゃったの？」

　この村の光景をきっかけに、こいつの中で何かのスイッチが入ってしまったようだ。

　美穂乃はこれまで溜まっていた鬱憤を爆発させたように喚《わめ》きまくった。内容は僕に対する不平不満がほとんどだったが、最後に美穂乃は、この世界に来てしまったことそれ自体を嘆いた。

「もう、やだ……」

　そう言って美穂乃は頭を抱えた。

「もう帰りたい……。帰りたいの……」

　帰りたい。――それは恭弥のところへなのか、もしくは元の世界になのか。そのどちらにせよ、百周くらいは遅れた感想だ。

「もう気は済んだか？　じゃあさっさと行くぞ。早く移動しないとまずいんだ」

「そんな……っ！」

あくまで冷淡な僕の態度に、美穂乃はショックを受けたようだった。

純粋にメリットだけを考えたら、ここで美穂乃に優しい言葉をかけておくほうが正解なのかもしれない。きっとそのほうがこいつを操縦しやすくなる。――でも僕は、そんなに冷静な人間じゃない。いつまでも同じようなところでぐだぐだやっているこいつに、少なからずムカついていた。

「お前がそうやって喚いてれば、元の世界に帰れるのか？　志穂乃の薬が手に入るのか？　この村の連中が生き返ったりするのかよ。――違うだろ」

これでも僕は、今日までこいつに対してオブラートに包んだ言葉を使ってきた。なんだかんだこいつのために行動し働いた。しかしそれもいい加減面倒だ。

「なあ美穂乃、そろそろはっきり言ってやる。お前、自分がこんな辛い目に遭ってるのは、全部僕のせいだとか思ってるんじゃないのか？　……まあだいたいはその通りかもな。でも、お前がそうやって被害者ぶれるのはそのお陰だろ？」

「……！」

「志穂乃を助けるためならなんでもするって言ってるけど、口ばっかなんだよ。本当になんでもする気なら、この程度で喚かないでくれ」

恭弥にべったりだった頃と、いまのこいつは何か変わったのか。

根っこのところは何も変わっていないと断言できる。正義ぶって綺麗ごとを言っているくせに、本当に重要な判断を人に委ねている。

恭弥のことは許せない。しかし恭弥が僕を裏切ったとき、こいつはどうだった？　僕があの城から逃げたのだという恭弥の言葉を、こいつはそのまま信じただけだ。そして未だにあいつに見捨てられていないと信じている。

それなのに僕を頼り、あまつさえ僕が冷たいと不満をぶつけるのか。

「利口だよな。そうやって、汚れ仕事はみんな人に押し付けるつもりなんだろ？　ああわかったよ。僕がやる。だからお前は大人しくしててくれ」

結局、いまさらこいつが泣き喚くのは、覚悟が足りていないからだ。

志穂乃の命を助けるために、本気で手を汚すつもりもない。僕に自分を抱かせて、無意識のうちに僕を利用している。自らの意志で考えるのをやめ、悲劇のヒロインを気取っている。

このまま美穂乃が、僕や恭弥や他の誰かの言いなりで、都合良く利用されるだけ利用されて、最悪どこかで妹と野垂れ死にしたいっていうなら、そうすればいい。僕はそれでも損をしないし、それどころか、きっとせいせいするだろう。

でも——。

「僕のことなんかどうだっていいよ。美穂乃、お前はどうしたいんだ？」

本気で妹の命を助けたい。そのために手段を選ばないというなら、こんなところで泣き喚いてる場合じゃない。どれだけ辛かろうが苦しかろうが、他人を犠牲にしようが、やるべきことがあるはずだ。

僕が喋り終わると、美穂乃は再びうなだれてしまった。

僕はその前で、しばらく身動きせずに突っ立っていた。

しかしそのセンチメンタルな空気は、不意に響いた遠吠《とおぼ》えによって一発でかき消された。弾《はじ》かれたようにそっちを見ると、村から遠くない林から一斉に鳥が飛び立っていた。

「――!?　まずい！」

不用意に長居をし過ぎたことを悟ったときには、既に遅かった。

「魔物だ。くそっ、死臭を嗅ぎ付けたのか！」

嫌な汗がこめかみを流れる。不覚だが、美穂乃とのやり取りに気を取られて、いまのいままで魔物の接近を感じ取ることができなかった。しかし向こうは既に僕らの存在を敵として認識していた。だからこそ、直前まで隠していた気配をあやって晒して威嚇している。せっかく見つけた餌を僕らに横取りされると思ったのに違いない。

「美穂乃、移動するぞ！」

咆哮《ほうこう》が聞こえた林との距離から考えて、僕らに村を遠ざかる時間は残されていない。いまから一目散に走ったところで、遮るものが何もない平原で捕捉されるのがオチである。障害物の多いこの村で迎え撃つのが唯一の選択肢だった。

「おい美穂乃！　何ぼやぼやしてんだ！」

しかし僕が大声で呼びかけても、美穂乃は動かなかった。

「――チッ！」

僕は舌打ちをした。こうしている間にも凶暴な気配は近づいてきている。こうなったら【契約】の力を使って無理やり動かすか。そう思ったところで、ようやく美穂乃が立ち上がった。

「こっちだ！　あの建物に隠れるぞ！」

僕はそう言いながら駆け出していた。

§

「……よし。頑丈そうな建物だ。ここなら罠を張って待ち構えられるぞ」

村の中の倉庫のような建物に逃れた僕は、柱や壁を拳で叩き、その強度を確認しながらつぶやいた。ここには穀物の袋が積み上げられている以外に、荷車などの農機具、油の入った樽《たる》や藁の束が置いてある。それ以外にも大きな木のテーブルや椅子が設置されているのは、村の集会所のような役割も果たしていたからなのかもしれない。

住民の死体はここにもあった。ここに逃げ込み藁の下に隠れていたのであろう女性が、背中を刺されてうずくまるようにこと切れている。さらにその胸元には、赤ん坊の死骸が大事そうに抱えられていた。

その様子を見て僕は悩んだ。

（やっぱり村の外に逃げるのが正解だったたか？）

村人の死体を魔物を引き付ける囮《おとり》として使えば、逃亡は可能だったかもしれない。しかし、そんな迷いはいまさらだ。それより敵を迎え撃つ準備を進めるほうが、よっぽど建設的である。

住民が皆殺しにされてしまった村では、物音一つ聞こえない。危険なものが迫っているとは思えないほど外は静かだ。その中で、僕は倉庫の扉の閂《かんぬき》をはめ、荷車とテーブルを移動してさらに扉の支えにし、藁束に油をしみこませ、各所にルーンを刻んでいった。

そのあいだ美穂乃は、親子の死体の傍にしゃがみ込んで何かをしていた。薄暗いせいで不明確だったが、あいつは死んだ魔族の母親の髪を撫で、赤ん坊と一緒にまぶたを閉じてやっているように見えた。いまはそんなことをしている場合じゃないと思ったが、それでまた言い争う暇も惜しかった。

「よし、こんなもんかな……」

一通り準備を終えると、そこからは、物音一つ立ててはいけないかくれんぼのような時間の始まりだ。息を殺し身じろぎもせずに待っていると、何か大きな生き物の気配が、村の中をうろつき始めたのがわかった。

まさに、飢えた肉食の獣と同じ檻《おり》の中に入れられたような気分だった。

（やっぱり大型の危険種か。ここでやり過ごせれば、それがベストだけど……無理だろうな）

敵は慎重にそれぞれの建物の様子を探っている。気配は大きいのに、足音がほとんどしないのが不気味だった。

（……けど、この村を襲ったのはこいつじゃない。ここの住民は、みんな武器で殺されてる。しかも一人も生き残りを出さないように、念入りに包囲して夜襲をかけたんだ）

言わずもがな、そこまでの芸当は魔物には不可能だ。人間か、あるいはここの住民と同じ魔族か、ある程度の知能を持った種族が犯人でなければ。

（もしかして、ここの前に襲われた村もそうだったのか？）

だとすれば、真犯人候補としてまず思いつくのは盗賊団とかだ。もしかしたら僕と同業の自由傭兵が、食い詰めて野盗化した連中かもしれない。あるいは魔族領内の他の領主が派遣した兵の仕業か。それ以外にも、いくつか可能性は考えられる。

僕の頭に、僕らをこの世界に召喚した彼女の顔が浮かんでから、セラフィナとラドリムの顔が思い浮かんだ。

しばらくすると、大きな影が僕らの隠れている倉庫の前を行ったり来たりし始めた。それと一緒に低い唸《うな》り声も聞こえた。

「出るなよ美穂乃」

「………………」

さっきから美穂乃はやけに静かだ。この角度からだと表情は良く見えない。

やがて魔物の徘徊音《はいかいおん》がぴたりとやみ、外から生の肉を貪《むさぼ》り食う音が響いてきた。食われているのは屋外に転がっていた村人の死骸だろう。

（……ここで死んだら、僕も食われるんだろうな）

この世界に来るまで、自分にそういう末路が待っているかもしれないなんて考える機会はなかった。でもこっちに来てからは逆にその可能性が当たり前すぎて、怖いという感情も薄れてしまった。

そんな僕が、恭弥に裏切られてから今日まで一貫して持ち続けている思いがある。

（あいつらがのうのうと生きてるのに、そう簡単に僕だけくたばってたまるか）

僕はその思いを胸に、柄《つか》を握る手に力を込めた。

外で死体を貪る音がやんだ。

それから数分間、僕には自分の呼吸と心臓の音しか聞こえなかった。

突如として、閂をはめた入り口の扉ではなく、板壁の一部が轟音《ごうおん》と振動と共に弾けた。

壁の破片や土ぼこりが散乱する中で、魔物の姿を視認する前に、僕はその周辺のルーンを発動させた。あちこちに刻んだ【火】のルーンが赤い魔力の光を放つ。それは油をしみこませた藁とともに、あっという間に魔物の身体を炎で包んだ。

火炎に巻き込まれて悶《もだ》えているのは、体長が三メートルくらいある、全身が茶色い剛毛に覆われたハイエナ顔の人狼《じんろう》のような魔物だ。そいつは叫びながら長い腕を振り回して、まとわりつく炎を遠ざけようとしていた。

思ったより火の回りが速い。

壁の木材がパチパチと焦げ、建物内に煙が立ち込めていく中で僕は怒鳴った。

「美穂乃、いまのうちだ!!」

僕がそのとき意図したのは、いまのうちにこの建物を脱出しようということだった。火事に巻き込まれるリスクを避けるためにも、魔物が炎に気を取られているあいだに距離を取って態勢を立て直すべきだと考えた。

しかし美穂乃は、魔物のほうにゆらりと身体の正面を向けると、低く暗い声でつぶやいた。

「……うるさい」

それは僕に――少なくとも僕だけに向けられた言葉ではなかった。

僕は咄嗟《とっさ》に「ヤバい」と思った。そして炎をまとって荒れ狂う巨体の魔物よりも、身体の横で拳を震わせている美穂乃のほうに、嵐の前の静けさのようなものを感じた。圧倒的なエネルギーに似た何かが、美穂乃の中でザワザワと膨れ上がっていく。

「あんたら……もういい加減にしなさいよね……」

そう言えばこいつは昔から、本気で怒ったときはこういう声を出すんだった。僕の記憶が蘇《よみがえ》ったところで、炎を振り払った魔物が僕らの耳をつんざく咆哮を上げた。

だがその咆哮は、遥かに音量を上回る美穂乃の大声によってかき消された。

「うるさいって言ってんのよ!!」

美穂乃は鋭い眼光を放ち、魔物に向かって牙をむいた。

「あんたなんか、ぶっっっっ飛ばしてやる!!」

その次の瞬間、美穂乃がどうやって敵の懐に潜り込んだのか、僕には見えなかった。美穂乃が立っていた場所の地面が弾け、衝撃波を感じたと思ったときには、美穂乃の拳がハイエナ男のボディに思いっきり突き立っていた。

ブチ切れた美穂乃の動きの素早さは、元の世界のヘビー級ボクサーとか世界陸上のメダリストの動きを、明らかに、そして大幅に超えていた。

ズドンという音が鳴り響き、空気の振動が僕のところにまで来た。

「ううううあああああああ!!」

これじゃどっちが魔物かわからない。完全に冷静さを失った美穂乃が繰り出す攻撃は、格闘技じゃなかった。ただがむしゃらに掴みかかりぶん殴る。とにかく力いっぱい蹴り飛ばす。自分よりずっと大きな相手に、小さな子どもが、怒りのまま喧嘩《けんか》を挑んでいってるみたいなめちゃくちゃっぷりだった。

「――あぐうっ!?」

最初は美穂乃の勢いに圧倒されていたハイエナ男も、やがて態勢を立て直した。そしてそうなると、どうしても大きな身体を持つほうが有利だ。美穂乃は敵の攻撃に吹っ飛ばされ、まだ

燃えていなかった藁の山に突っ込んだ。

「――チッ！」

僕はそんな美穂乃を援護するために、前に出ながら【爆破】のルーンを刻んだ魔鉱石をハイエナ男に向けて投擲《とうてき》した。敵の頭部付近で二発立て続けに炸裂《さくれつ》させたが、大きなダメージは負わせられなかった。

（くそっ、あの毛皮のせいか!?）

全身筋肉のような体躯《たいく》を覆う魔物の毛皮は、毛一本一本がごわごわしていて非常に硬そうだ。それが火や爆発を防ぐ鎧《よろい》の役目を果たしている。僕は剣のルーンに魔力を通しつつ、敵の太ももに向かって一太刀入れたが、とても刃が立つとは思えない感触が手に伝わってきた。

「くっ！」

美穂乃ほどの身体能力を持たない僕は、空気を切り裂いてうなりを上げる敵の腕を、どうにかこうにか身を低くしてかわした。まともに食らったら骨が折れるくらいじゃ済まないなと、このクソ熱い火の中で汗が凍る気分だった。

だが、実際にこの攻撃を食らって吹っ飛ばされたはずのあいつは、そんなことは全くお構いなしだった。

「こんのぉおっ!!」

僕の頭上を飛び越えて、美穂乃が敵に両脚の先を揃えたドロップキックをかました。それはハイエナ男の顔にめり込み、メキメキと牙を折って汚い反吐を吐かせた。

僕のすぐそばに着地した美穂乃の横顔が、建物の屋根に延焼しはじめた炎で照らされる。凶悪な容貌の魔物を真正面から、微塵《みじん》もひるむことなくにらみつけるこいつの表情を、僕はいつかどこかで見た覚えがあった。

（……ああそうか。あのときか。小学生のとき恭弥が近所に引っ越してくる前、志穂乃が野良犬に追いかけられたことがあったよな）

そう言えばあのとき、美穂乃はともかく僕は何をしていただろう。志穂乃を助けるために美穂乃と一緒に野良犬に立ち向かうでもなく、ただ怯えて遠くでそれを見ていただけだった気がする。ほんの一瞬、僕の頭にそんな思い出がよぎった。――しかしそれは本当に一瞬だ。いま生き残るためには、何よりもまずこの敵を倒さなければならない。

「美穂乃!!」

「わかってる!!」

僕が名前を呼んだと同時に、美穂乃は敵に向かって突貫していた。相手がひるんだこの隙に決着をつける。今度は互いに同じことを考えていた。僕の剣とルーンに美穂乃の拳。戦闘が始まる前の言い争いも、それ以前に起きたここに来るまでの様々なことも忘れ、協力して同じ敵に立ち向かった。

僕は両手持ちにした剣を水平に構えて、肩から魔物にぶつかっていった。【鋭利】のルーンの効果を受けた切っ先が毛皮を貫き、肋骨《ろっこつ》の隙間に食い込む。魔物が燃えている天井を仰ぎ見て、痛みを訴えるように叫んだ。

「――ぐっあ!?　――ぐっ！」

暴れる魔物の腕に弾き飛ばされ、僕の身体は倉庫の地面を滑る。跳ねて転がってどうにか身体が止まったところで、美穂乃の声が聞こえた。

「つかさぁっっ!!」

高々と跳躍した美穂乃に向かって、僕は【爆破】のルーンを刻んだ残りの魔鉱石を、入れ物の袋ごと投げていた。それを美穂乃は空中で捕まえた。

魔物の頭にとりついた彼女は、敵の喉奥に、袋を掴んだ自分の右手を突き入れた。そして、魔物の口が閉じる前に素早く手を引き抜くと、相手の口を腋《わき》に抱え込んだ。

僕は右手をかざし、ルーンを発動させるための呪文を唱えた。

§

針の山脈に夕日が沈もうとしている。

戦闘の最中は何時間も戦っていたように思えたけど、終わってみてから振り返れば、あれは建物に火が回るまでのほんの数分程度の出来事だったのかもしれない。

僕らが戦っていた魔物は死んだ。僕がルーンで放火した倉庫は、四分の三くらいが焼け落ちて、残りは辛うじて焼け残った。物凄い量の煙に巻かれ、危うくそっちで命を落としてしまうところだった。

僕と美穂乃は全身が土埃《つちぼこり》や煤《すす》で汚れていたし、酷く焦げ臭かった。

今日もどうにか死なずに済んだ。夕日を眺める僕の頭に、それ以外の感想は特に湧いてこなかった。

「秋光くん、行きましょう。……志穂乃のところに帰らなくちゃ」

「……ああ」

村を離れた僕らは、ほとんど会話することなく街への道を歩いた。

街にたどり着くまでには、完全に夜になっていた。疲労困憊した僕らは真っ直ぐ家に戻り、特に言葉も交わさないままお互いの部屋に入った。

そしてさらに夜更けになり、僕が自分の部屋で道具の手入れと片づけをしている最中に、誰かがドアをノックした。

「…………」

廊下には美穂乃が立っていた。

僕がなんの用かと尋ねる前に、美穂乃は口を開いた。

「お願い秋光くん。……私と、セックスして」

それはこれまでと違う、報酬という建前のない、美穂乃からの初めての懇願だった。

（4）

「お前からセックスして欲しいって、どういう風の吹き回しだ？」

「…………」

「……まあいいか。入れよ」

僕はドアを大きく開けて、美穂乃を部屋に招き入れた。

部屋のテーブル上には、パーツごとに分解した革鎧が手入れ途中のまま置かれている。他にもいくつかの道具が出しっぱなしになっていて、少し雑然としていた。僕はこれを片づけたら今日は寝てしまおうと思っていた。なんとなく、美穂乃を呼びだして性欲をぶつけるという気分じゃなかった。

しかし今夜、美穂乃は自らここにやってきた。それはこいつが初めて僕に身体を捧《ささ》げ、二人が【契約】を結んだあの日の夜以来のことだ。

部屋に入った美穂乃は、自分から服を脱ぎ始めた。そして一糸まとわぬ姿になると、僕の正面に立った。

「秋光くんも脱いで。脱がないとセックスできないでしょ」

「……そういう顔で言う台詞か？　それって」

少なくともいまの美穂乃の表情は、発情した尻軽ビッチが男をいやらしく誘うという感じとはかけ離れていた。流されてこういうことを言っているのでもない。やたら毅然としていて、覚悟のようなものさえ感じられる顔だ。

「はは、本当にどういう風の吹き回しだよ。……まあ仕方ないけどな。お前は僕を自分に協力させるために、嫌でも僕に抱かれなきゃいけないんだ」

「いいえ、違うわ。秋光くんを協力させるためじゃなくて、私と秋光くんは協力してるからセックスするのよ」

「……意味がよくわからないけど、それってどう違うんだ？」

「いいから、早くしましょ」

美穂乃の言っていることは、僕にはいまいち呑み込めなかった。しかし少なくとも、精神的に追い詰められるあまり、ついにおかしくなったのではなさそうだ。いずれにしても美穂乃からヤりたいというのを拒む理由もない。僕は服を脱いだ。

全裸で向かい合った僕に、美穂乃は告げた。

「秋光くんのことは嫌いよ。少なくとも、いまのあなたは大嫌い」

「…………」

「でも、私は……」

そこで美穂乃は口をつぐみ、何かを訴えているような瞳で僕を見据えた。

僕はそれを無視して美穂乃の両手首を掴むと、白い首筋に甘噛みした。

「あ……っ♡　ん……っ」

僕は立ったまま正面から美穂乃を愛撫《あいぶ》した。むき出しの首や肩に吸い付き、柔らかでハリのある乳房をこねくり回し、滑らかで引き締まっている太ももを撫でた。あっという間に海綿体に血が流れ込み、痛いほど勃起したペニスが天井をにらむ。美穂乃の指が恐る恐ると、精子でパンパンになった裏スジに触れた。

やがて僕はベッドに美穂乃を押し倒した。美穂乃の股を開き、既に十分すぎるほど湿っている割れ目を見下ろした。

「あ……はぁ……♡」

「正面からお前の顔を見てするの、久しぶりだな。……してるときのみっともない顔を見られるのは嫌なんじゃなかったのか？」

「どうせもう、私のみっともないところなんて、秋光くんにはたくさん見られたでしょ。……いまさらよ」

「まあ、確かにね。……挿《い》れるぞ？」

「……うん。――ああっ♡」

充血して赤黒く膨れ上がった亀頭が、美穂乃の割れ目を押し広げてピンク色の膣粘膜と接触する。美穂乃の膣が僕のペニスを少しずつ受け入れていく。僕らは初めて以来の正常位で、一番奥深くまで繋がった。

「ほら、僕のが美穂乃の奥まで入った」

「う、ん……っ。秋光くんのが、私の奥まで来てる……っ。あ、ん……っ♡」

僕は腰を前後に動かし、美穂乃の膣でペニスを扱《しご》いた。初めはゆっくりとしたスピードだった抽挿は、すぐに激しく荒々しいものとなった。僕は獣が餌を貪るように美穂乃に腰を叩きつけた。美穂乃も身体を弓なりにして感じまくり、膣ヒダ全体で僕の肉棒に刺激を与えた。

「美穂乃……っ！」

「あきみつ、くん……っ」

僕らは名前を呼び合うと、どちらからともなく両手を繋いだ。

僕はベッドを軋ませるピストンを続けながら、頭の片隅で、僕なりに今夜の美穂乃の気まぐれを解釈してみた。――単にヤケクソになっているからとか、ストックホルムシンドロームだとか、いろいろ考えが浮かんだ。

昼間、僕らがリアルに触れた「死」の体験。セックスにはそれとは正反対の、圧倒的な「生」の実感が含まれている。命の危機を乗り越えて生き残ったとき、無性に誰かと繋がりたいという衝動に駆られる。そして、いまの美穂乃にとって唯一繋がれる相手が僕だった。

「あっ♡　あっ♡　ああっ♡　ん、ぅうっ♡」

こいつが僕の真下で腰をくねらせているのは、そういう理由だろうか。

しかしそういう思考は、濁流のような性行為の快楽に呑み込まれていった。「交尾したい」「繁殖したい」と訴えかけてくる本能が、僕の理性を塗りつぶしていく。美穂乃が奏でる艶声《つやごえ》と結合部から響く粘質な水音が、すべてをどうでも良く感じさせる。

僕は美穂乃の膣内に射精することにした。こいつの許可を求めようとも思わなかった。行き止まりを亀頭でひたすら叩いていると、マンコがわなないた。

「あっ……!!♡♡　イっ、く……っ!!♡♡」

美穂乃の眉間にしわが寄り、肉ヒダ全体がさらに引き締まる。ペニスが奥へと吸引され、それに促されるように僕は射精した。

「あ、っ♡　イクっ♡　あ、あああっ♡」

繋いでいる両手をシーツに押し付けられた美穂乃は、身動きもままならないまま膣内射精されてしまった。これまでのセックスでは空中に吐き出されてきた僕の精液は、鈴口から美穂乃の胎内へと直《じか》に流し込まれていく。すると、僕の右手と美穂乃の下腹部に刻まれた【契約】を示す紋様が、淡い魔力の光を放った。

相手が美穂乃であるということを抜きにしても、女の子の膣内に射精するというのは、それだけで特別に気持ち良かった。肉棒はもう一つの心臓のように力強く脈動し、脊髄を貫くような快感を伴ってザーメンを発射していく。

そうだ。僕はいままで何を勘違いして遠慮なんかしていたんだろう。

「あっ♡　うう……♡　はぁ……っ♡♡」

このメスの身体は、もともと僕のモノだった。松坂美穂乃は秋光司のモノだった。この世界に来るずっと前、最初からそうだった。なのにあいつが、柊恭弥が不当に僕から奪ったんじゃないか。つまりこれは【契約】以前の当然の権利だ。

（……いや、そんなわけないだろ。頭がおかしいのか？　そもそもこいつなんて、僕にとってはどうでもいいだろ）

僕は矛盾した思考を抱えながら、それでも最後の一滴まで美穂乃の奥に精子を流し込んでいった。

「……なんで、中に出したのよ」

「嫌だって言われなかったからね。それに、お前からセックスしてくれって頼んできたんだから、それくらいのサービスは当然だろ？」

「中出しなんて……恭弥にもさせたこと無かったのに」

「へえ、じゃあ僕が初めてなんだ」

「…………」

「お前の奥に精液流し込むの、めちゃくちゃ良かったぞ、美穂乃」

「……うるさい。……おっぱい揉みながら、耳元でそういうこと言うのやめてよ」

美穂乃はふくれっ面をしているが、その顔でどんな憎まれ口を叩こうとも、全裸で背後から僕に抱きしめられている状況では説得力がない。僕らの肌は全身が汗でしっとり濡れていて、こうやって密着していると触れた部分がヌルヌルする。

僕の肉棒は、半勃《はんだ》ち状態で美穂乃の背中に押し付けられている。竿は精液と愛液が混じり合った液体でドロドロだ。そしてそれと同じ液体が、美穂乃の股間からも漏れ出ていた。

僕と美穂乃は、あれから抜かずで三発連続でサカり、三発とも膣内に射精してセックスを終えていた。

「けっこう溢れてるのに、まだ奥から出てくるんだけど？　ホントにどれだけ出したのよ……」

「お前だって中に出されて気持ち良かったんだろ？　あんだけヨガってたくせに」

「…………」

「あ、図星だったか？」

「……うるさい。今度同じこと言ったらパンチするから」

僕は苦笑しつつも、美穂乃の胸を揉み続けた。

恋人のいる美穂乃が浮気セックスで膣内射精までさせてしまったことで、僕らのあいだに、一種の共犯関係にある者同士のような、これまでになかった空気が生まれていた。

「ねえ、秋光くんのおチンチン、また硬くなってるんだけど。私の背中に当たってる。……まだ精液出し足りないの？」

「まあね。もう何発かやっていいか？」

「……わかったわ」

美穂乃はいったん僕から離れると、ベッドに膝をつき僕のほうにお尻を向けた。

「……はい、どうぞ」

僕は、既に中出しザーメンでドロドロにした美穂乃の割れ目に亀頭を添えた。美穂乃のピンク色の割れ目はぱくぱくと蠢《うごめ》き、僕のモノを待ち望んでいるようにさえ見えた。

「アっ♡　入って……来るっ。あ……っ♡　ああ……っ♡」

「お……ふぅ。入ったぞ、美穂乃」

「ふっぐ……♡　んお……っ♡　ほぉ……♡」

挿入はあっさりだった。たいした抵抗を感じず、ぬるんと一気に奥まで入った。でも、そのあとから、膣全体がめちゃくちゃキツく絡みついてきた。

「あ……っ♡　はっ♡　あっ！♡　ンっ！♡　——ふっ♡ふーっ♡ふーっ♡」

「クソっ、なんだよこのマンコ。そんなに精子欲しいのか？」

僕は、腰をゆっくりと前後させ、美穂乃をチンポで鳴かせ始めた。

「お……んお……っ♡　い……っ♡　いっうう……っ♡♡」

美穂乃は明らかに、挿入されただけでイッていた。

チンポを奥まで挿し込み、カリが抜ける寸前のところまで引き抜く前後運動を、ほんの三、四回繰り返すと、背中がガクガクと震え、足の裏がぎゅうっと丸まった。シーツを掴む両手の指は、力を入れ過ぎて白くなってしまっている。

今日、あれだけ凶悪な魔物をぶちのめしていた手足が、僕のチンポをマンコに入れられただけで、戦闘力皆無の女の子の手足になってしまっている。自分よりずっと大きな化け物を前にして、気丈にも一歩も退かず立ち向かっていた少女が、膣内をグズグズにして、みっともない声で呻《うめ》いている。

「ひっ、いっ♡♡　あっっ♡♡　あっっ♡♡　おっっう♡♡」

美穂乃は、とても重たそうなイキ声をあげて、口から舌をだら～んと垂らした。

「あっっ♡♡　いっぐっ♡♡　まら、イグっっ♡♡　あっっ♡♡」

「おいおい美穂乃……いくらなんでも、そんな顔を恭弥が見たらドン引きするぞ？　……まあ、いまは僕しか見てないけどさ」

「ふっぐっ♡♡　あっ♡あっ♡あっ♡あっ♡」

「いいよ。何も気にしないで遠慮なくイけよ」

中出しと共に、美穂乃は僕の前での情けない顔を解禁した。手段を選ばず志穂乃を助けるために僕なんかと協力関係を結んだのに、小賢しい取り繕いは無用だとようやく悟ったのだろう。

しかし逆に言えば、たとえどんなに取り乱しても、我を忘れたいほどに辛く苦しかったとしても、好きな恭弥の前では、美穂乃はこういう自分を見せないはずだ。こいつがこうなっているのは、僕と言う人間がこいつにとって重要ではない証拠なのかもしれない。

「――ンむっ♡　ふっ♡　ふっ♡　ふっ♡　ふっ♡」

僕が腰を振り続けていると、美穂乃は抱え込んだ僕の枕に顔を埋《うず》めた。快感を堪《こら》えるために、単に顔を擦《こす》り付けるだけじゃなく枕に噛みついているみたいだ。僕は、明日になったらまた枕を洗濯する必要があるなと思いながら、腰を美穂乃の高々と上がったお尻に密着させ、グリグリと押し付けた。

「ふっ！　むぅ～～っっ！♡♡　んんぅ～～～っっ!!♡♡」

「ほら美穂乃、お前の好きなやつだぞ？　お前、これやられて奥イキするの好きだろ？」

もはやこれはセックスじゃなくて、単なる交尾だ。僕の亀頭粘膜は、精液を直出しする目的で美穂乃の子宮口に密着している。元の世界では親に養われていた学生身分の僕らが、この世界で我を忘れて快楽だけに浸るために、ガチの交尾を行っている。

執拗に美穂乃の奥に亀頭を押しつけてから腰を引くと、結合部がネチャッと糸を引いた。美穂乃のピンク色のマン肉は、自分から抜けようとする僕の竿にこびりつき、名残惜しそうに追いかけてくる。竿だけじゃない。亀頭も、無数のヒダと子宮口に追いかけられて、それに伴う快楽信号が僕の背骨をゾワゾワと駆け抜けていく。

僕は美穂乃の背中に覆いかぶさると、寝バックの姿勢で美穂乃の胸を揉みしだき、自分の足を使って美穂乃の脚を拡げさせた。美穂乃はしばらく膝の先をじたばたさせていたが、やがて観念したように大人しくなると、自分から腰をくねらせ始めた。僕はさらに腰をバスバスと打ち付けて、射精欲求を高め、それが最高潮に達したところで美穂乃への種付けを開始した。

「——うおっ!?」

「ふぐっっ♡♡♡」

「ぐ……う……っ！　出るぅ……！」

ドクドク、ドクドク、ドクドク、ドクドクと、尿を排泄するときと同じ勢いで、ほとんど途切れない射精が行われた。僕は美穂乃の乳房を握りつぶす勢いで握りしめ、玉から尿道を駆け上がる精液を一滴残らずひり出すことに集中した。

いまの僕らを上から見たら、潰れたカエルが二匹重なっているような、みっともない見た目に違いない。

「ふっ♡♡　〜〜〜〜っっっ♡♡♡　〜〜〜〜っっっ♡♡♡」

美穂乃は激しくイっている。ビクビク痙攣しながら浮き上がろうとするこいつの尻を、僕が腰で押さえつけて、無理やりベッドに縫い留めた。

こうやってイキながらだと実感できる。僕もこいつも確かに生きている。

僕は射精しながら腰をくゆらせて、美穂乃の奥へ奥へと精液を流し込む。美穂乃は声にならない声を上げながら、膣内を締めてそれに応えてくれた。

「なぁ、次はちょっと別のことしようぜ」

僕は、美穂乃の片脚を抱え込んだいわゆる松葉崩しの体位で、これで何発目になるかわからない中出し射精を終えるとそう言った。しばしば小休憩を挟みつつ、僕らはもう何時間セックスを続けているのだろうか。この世界にはもちろんクォーツ式のデジタル時計など存在せず、ゼンマイ式の壁時計や柱時計も高級品だ。日が落ちれば自分自身の体感しか時間を計る手段がないこの部屋で確かなのは、現在が真夜中だということくらいだ。

「はぁ……♡　はぁ……♡　まだするの？　いい加減飽きない？」

そう言いつつ美穂乃も乗り気だ。汗でテカりを帯びたこいつの身体は、いつもの数倍増しにエロいことになっている。

「言っとくけど、ヘンタイみたいなことは絶対にイヤだから」

「変なことじゃないさ。誰でもやってることだって。――ほら」

「ほらって言われても……。ていうか、人の顔に、おチンチン突き付けないでよね」

「いいからさ、舐めてみろよ」

「え？」

「フェラチオだよ。これくらいなら、恭弥のやつにもしてやったことあるだろ？」

「あ～――……うん、まあ」

美穂乃は意外と素直に認めた。

隣に住む幼馴染が、僕の知らないあいだに、別の男にフェラチオしてやるような仲になっていた。――ちょっと前までなら、僕はそれで計り知れないダメージを受けていたかもしれない。

けどもはや僕は、恭弥の知らないところで美穂乃に中出しまでしてやった。そのせいか優越感が揺らぐことはなかった。

「……もう。して欲しいならするけど、男の子って、みんなこれ好きなの？」

「噛んだりしないでくれよ」

「しないわよ。そんなことしたらまた『契約違反』になるんでしょ？　そっちこそ、舐めてる最中に頭押さえたりしないでよね」

「もちろんさ」

「ん……」

美穂乃は目をつぶると、横髪をかき上げながら、僕の亀頭に口を近づけた。綺麗に並んだ白い歯と、血色のいい舌が見えた。

「んむ……っ。ん、ちゅう……」

口でしゃぶってもらうのは、マンコに挿入するのとは、また違った快感がある。視覚的にも、美穂乃の頭が僕の股間に埋まっている光景が、物凄く劣情を煽り立ててくる。

しかし、こうやって子宮にザーメンを注がれた状態で、フェラチオまでＯＫするくせに、唇同士のキスだけは頑《かたく》なに拒むのは、それが恭弥に対する最後の操だとでもいうつもりなんだろうか。だとしたら健気《けなげ》なものである。

「ん……はむ……」

「上手だぞ。——先っぽ舐めるだけじゃなくて、もっとカリ首のとことかに、舌を絡みつけるみたいにしてみな」

「ん、こう……？　じゅる、んちゅう……♡」

「そうそうイイ感じ。そのまま吸って、根元のとこ手で扱いてくれよ」

美穂乃の舌使いはたどたどしかった。しかし僕は怒ったりせず、逆に積極的に褒めるようにした。すると、僕に注文をつけられても美穂乃は素直に従った。

「まだ出ないの？　そろそろ口が疲れちゃったんだけど」

「う～ん、美穂乃、フェラはもういいよ。挿入するから、こっちにお尻向けな」

僕が言葉を曖昧に濁したのは、美穂乃のテクが、射精にはもうちょっと足りなかったからだ。これなら膣内でチンポを扱いたほうが気持ちいい。

「舐めてって言ったのあなたじゃない……」

「まあまあ。お前も気持ち良くなれるほうがいいだろ？」

「そうだけど……」

こいつは果たして気付いているだろうか。中出しを許してから、自分の言動が僕の「女」に近づいてしまっていることに。

少なくとも、僕は気付いていた。美穂乃の想いがどうあれ、こいつは確実に後戻りできない道を進んでいる。僕はそんなことを考えながら、赤黒い亀頭を再び美穂乃の割れ目にメリ込ませた。

「あ……っ♡　あ……っ♡」

相変わらず、油断したら肉棒が噛み千切られそうな膣圧だ。

「あっ♡　ああっ♡　あっ♡　あんっ♡」

腰をピストンさせると、美穂乃はすぐにシーツを掴んで、甲高い嬌声《きょうせい》を響かせ始めた。

パンッ、パンッと、湿った肉を打ち付ける音がリズミカルに鳴り、美穂乃の胸が、前後に揺れる。僕のチンポの先端が、美穂乃の奥の奥を繰り返し叩いた。

「あ……っ♡　ああ……っ♡　これっ♡　イイっ♡　あっ♡　すご……っ♡　硬いのが、おく、突いてくるぅっ♡」

「あ～、すっごく締まる。マンコ濡れまくってて、チンポめちゃくちゃ気持ちいい……」

「やっ♡　あっ……♡　あっ♡　んっ♡　あっ♡　あっ♡　あっん♡　んっ♡　んぅ～～っっ！♡♡」

「出すぞ美穂乃！　――うっ！」

「あっっ♡♡　はっ♡♡　あっっ♡♡　あっっ♡♡」

「あー……中に射精するの超気持ちいいや。なあ美穂乃、お前も気持ちいだろ？」

「――ふっぐ♡♡　イっ♡♡　あっっ♡♡」

僕は、痙攣する膣内でチンポを往復させながら、ドパドパと精液を吐き出し続けた。

「このまま朝までするからな。一緒にセックスのことしか考えられない馬鹿になろう」

僕は宣言通り、体中ドロドロになって、立ち上がれなくなるまで美穂乃とセックスした。そうやってセックスの快楽に溺れていると、昼間見た酷い光景も、魔物との死闘も、遥かに遠いものになっていく気がした。

§

僕が目覚めたのは、朝というより、おそらくは昼に近い時刻だった。目を開けたときにはベッドに美穂乃の姿はなく、僕の隣は空っぽだった。僕らは昨日の深夜まで――というより今日の明け方までセックスしていた。そして最後は二人同時にベッドに倒れ込むように眠りに落ちた。だからてっきり、美穂乃も寝過ごしたものと思った。

もちろん知っている。中出しを許そうが、別に僕とあいつは恋人同士じゃない。根っこのところで心を許し合っていない僕らが腕枕で身を寄せ合って朝を迎えるなんて、そんな甘ったるいシチュエーションはお互いに望んでいない。

僕はベッドで上半身を起こした。そして少し前まで美穂乃がいたであろうシーツの凹みに手で触れると、そこは既にひんやりとしていた。

僕は後頭部をボリボリと掻《か》いた。睡眠は十分にとったが、眠り過ぎて逆に気怠《けだる》かった。しかし、いつまでも寝て過ごせるのんきな身分でもない。僕はベッドから降りると、ズボンをはいて上着の袖に腕を通した。それから台所に移動して、遅めの朝食を作るつもりだった。

美穂乃がどうこうは頭の中から抜け落ちて、僕が考えていたのはこれからのことだ。

(やっぱり何回考えても、あの村の住民を殺したのはあのハイエナ男じゃない。けど、僕が「村を襲った魔物」を退治したのは、これで事実になったってわけだ。早く材料を集めて、セラフィナに薬を作らせないと)

真犯人は気にかかる。しかしそこに首を突っ込む前に、まずは課題を一つずつ解決していく必要があった。それに志穂乃の薬を作ってもらったあとも、セラフィナとの繋がりは残せるだろう。それを足がかりにどうしていくかはそれから先の話だ。

(そうだ、まずは薬を手に入れるのが先だ。……志穂乃のタイムリミットが来る前に)

服を着終わると、僕は部屋を出た。

そしてすぐに異変に気付いた。

これまで僕しか使ってこなかったこの家のかまどの前に、誰かが立っている。

「おはよう、秋光くん」

「美穂乃？　……そんなとこで何してるんだ？」

「……ご飯作ってるの。見ればわかるでしょ？」

確かに美穂乃の言葉通りだ。まな板の上で包丁を使い、かまどの火で食材を煮炊きするこいつの行為は、それ以上でもそれ以下でもない。

「じゃあ、どういう――……」

「『どういう風の吹き回しだよ』」

「………………」

「もう秋光くんに頼りっぱなしは嫌なの」

「料理くらいで、ずいぶん偉そうだな」

「いつも偉そうなのは秋光くんよね？」

「……お前それ、そんな野菜とかこの家にあったか？」

「外のお店で買ってきたわ。野菜も食べないと栄養が偏るもの。もうすぐできるから、余計な質問しないで大人しく座っててくれないかしら」

僕はしばらくその場に突っ立っていたが、やがて棚から食器を取り出すとテーブルに並べた。

美穂乃はスープの煮えている鍋を運んできて食器によそった。買い置きしておいたパンが香ばしく湯気を上げているのは、軽く焼き直したからのようだ。

僕の向かいの椅子に座ると、美穂乃は言った。

「甘えてばかりじゃ志穂乃は助けられないから。……秋光くんがそう言いたいのはわかったわ。だから、私にできることはなんでもするって決めたの」

「………」

「それに――……」

「それだけ？」

「え？」

「料理だけで威張るつもりじゃないよな？　洗濯とか掃除とか……あと水汲みとか、家事くらいは全部やってくれるんだろ？　それくらい当然だよな？」

「なっ」

美穂乃は一瞬ふくれっ面になりかけたが、どうにか我慢して、不機嫌そうな声で「もちろんやるわよ」と言った。――宿題を放り出して道場に行き、おばさんに叱られていた昔と一緒だ。こいつはあの頃からまるで成長していない。そんなことを思い出して、僕はつい――。

「あ……」

美穂乃は何を思ったのか、思いがけないものを見た顔で固まった。

「……なんだよ」

「ううん、なんでもない」

「じゃあ食べよう。食べ終わったら今日も仕事だからな。志穂乃の薬の材料を調達する方法も調べないと」

「うん」

僕らの【契約】がいつまで続くものなのかわからない。だが少なくとも続いているあいだは、いがみ合うより協力するほうが合理的だ。僕は木のスプーンを手に取ると、志穂乃の作った食事に口をつけた。

Extra.2　もう一つの【契約】

　その部屋の持ち主は、本をよく読むようだった。全体的な家具量の割に本棚の数が多く、室内は基本的に整頓されているのに、数冊の読みかけの本がテーブルの上などに出しっぱなしになっている。

　そして部屋の持ち主は若い女性である。その根拠は、そうとしか言いようのない部屋の香りだ。仮にここに住んでいるのが男なら、ここにはもっとむさくるしい、すえた空気が満ちていただろう。

「……相変わらず、こちらの都合などお構いなしな抱き方をなさるんですね。私は明日も朝から仕事なのに……。最近あの方――ミホノさんのことばかり構っていて、てっきり私のことはどうでも良くなったのだと思ったのですが、違ったのですか？」

　頭に角が生えたその女は、裸でベッドにうつぶせたまま、あまり抑揚がなく感情の読み取りにくい声で、自分の隣に寝ている男を咎《とが》めた。角だけでなく、彼女の尾てい骨の位置から伸びているのは、爬虫類《はちゅうるい》か悪魔を思わせるような長い尻尾だ。胸が大きくすらりとした脚のモデルのような体型で、長い髪は青みがかっている。

そして、彼女が普段職場で使用している制服はクローゼットの中で、愛用の片眼鏡《モノクル》はベッドサイドのテーブル上に置かれていた。

裸の女──自由傭兵のための斡旋所《あっせんじょ》に勤める魔族のリエラは、隣で天井を見上げている男の胸に手を這《は》わせた。

「……どうして何も答えてくれないのですか？　ねえ、アキミツさん」

「…………」

「人のお腹で好き勝手に気持ち良くなって、中にあれだけ出したくせに……」

リエラの隣にいるのは、異世界からこちらの世界に召喚された人間で、いまは自由傭兵として生計を立てている秋光司である。彼もリエラと同じく生まれたままの姿なのは、彼らがいましがたまでそういう──一般的に深い仲の男女がするような行為に及んでいたからだ。

どこか気怠そうなリエラの声も、彼女の髪が少しほつれ肌が汗ばんでいるのも、秘所からドロリと白い液体が零れているのも、全てリエラが司とセックスした証拠である。

リエラは身体《からだ》を起こすと、司の上に四つん這《ば》いで覆いかぶさるような格好で、彼と正面から目を合わせた。

「アキミツさん、聞こえていますか？」

「ああ、もちろん聞こえてるさ、リエラ」

司は、斡旋所でカウンター越しに彼女と話しているときとは違う、横柄な口調で答えた。司が心ここにあらずなのがリエラには気にくわなかったらしい。彼女は少しムッとすると、自分の唇を彼の唇に押し付けた。その唇の動きは、いつも事務的な彼女の印象とはかけ離れた、非常にねちっこいものだった。

「ン……♡　はむ……。はぁ……♡　聞いているのならちゃんと返事をしてください」

冷静で有能な受付職員のリエラが、司の前では「女」の顔をしていた。彼女は、キスされても平然としている司の顔を覗《のぞ》き込みながら言った。

「アキミツさん。あなたが私のような女を他に増やすのは、別に構いません。それは私とあなたの【契約】には含まれていませんから。……けど、一度抱いた女の面倒は最後まで見るのが、男性としての甲斐性《かいしょう》では？」

「……なんだよそれ」

「どうせいまもミホノさんのことで頭がいっぱいなんでしょう？　……あんなに冷たい態度を取っておきながら、本当はこの世界に放り出されて右も左もわからなくなっている幼馴染《おさななじみ》の女の子のことが心配でならな――……ンんっ♡　あ、はぁ♡」

リエラは司に下から抱き締め引き寄せられた。自由傭兵として過ごす日々の中で、前の世界にいたときとは比べ物にならないほど逞《たくま》しくなった司の腕が、有無を言わさずリエラを拘束する。そしてリエラは彼に無理やりキスで黙らされた。両者は濃厚に舌を絡ませ合い、互いの口内をねぶり合った。リエラの豊満な乳房は、司の胸板に押し付けられてひしゃげている。キスが終わって口が離れたとき、リエラの唇は男の唾液で潤い、瞳の奥に淫蕩《いんとう》の色が宿っていた。

「はぁ、はぁ……。あなたもずるい人ですね。……私があなたに逆らえないことを知ってるくせに、こうやって、身体でも私を繋《つな》ぎ止めようとするんですから」

「さっきから回りくどい言い方してないで、もっとセックスして欲しいならそう言えよ」

「ふふっ♡　ええ、セックスしてください。しばらくお預けされたぶん、私のストレス解消には時間がかかりそうです。最後まで付き合ってもらいますから」

「はぁ……」

呆《あき》れたようにため息をついた司だが、リエラの下腹部に押し付けられた彼のペニスは、充血してバキバキに反り返っている。

上半身を起こしたリエラは、司の身体の両サイドに膝をついて腰を浮かせ、彼のペニスの先端を己の股間の茂みの下に持って行った。彼女は司の肉棒を手で擦《こす》りながら、仕事中は決して浮かべない妖艶な笑みを見せた。

「ミホノさんのことも、毎晩こんなふうに犯してるんですか？　強気そうに見えても、ベッドの上ではきっと可愛《かわい》らしいタイプですよね、ミホノさんは。あなたはそんなミホノさんを調教して愉《たの》しんでいるのでしょう？」

「………………」

「ん……っ♡　ああ、太い……っ♡　ミホノさん……あの方も、あなたと一緒に斡旋所にいらっしゃるたびに、どんどんあなたの従順な女にされてるって……ん♡　はぁあ……♡　そんな姿を目の前で見せつけられる私の気持ちも考えてくださいね？」

リエラが腰を沈めると、司のペニスが彼女の奥にミチミチと挿入されていく。彼女の尻尾の先端がぱたんぱたんとシーツを叩《たた》く。リエラの割れ目は木の幹のような肉棒に限界まで押し広げられてはいたものの、最終的に司の根元まで呑《の》み込んだ。

リエラは腰を上下に動かし、司のペニスを自らの膣《ちつ》内で扱《しご》いた。

「あっ、あああっ♡　あぁあんっ♡」

リエラが胸にぶら下げている重量感たっぷりの乳房が、彼女の腰の動きに合わせてゆさゆさと揺れる。それはまさに壮観だった。司はしばらく身動きせずにそれを眺めていたが、やがて自分からも腰を突き上げ、魔族の女との爛《ただ》れた情事にふけった。

司もリエラも、本心では何を考えているのか読み取りにくいが、少なくとも二人の関係が思いの通じ合った甘い恋人同士などというものではないことだけは断言できる。――事実、リエラの腰のあたりに淡く光るのは、彼女が司と【契約】を結んだ証《あかし》のルーンだった。

「あっ♡　はぁっ♡　はぁっ♡　ンっ♡」

二人はベッドをギシギシと軋《きし》ませ、相手の身体を使い性欲を発散しようとしている。これはそういう種類のセックスだった。

「ンっ、あっ、あううっ♡」

しかし性欲解消が第一義だからこそ、普段は事務的で冷静な顔を微妙に歪《ゆが》ませ、美しい肢体を官能的にくねらせるリエラの姿は非常に蠱惑的《こわくてき》だった。

しかも、ところどころ人間とは異なる構造を持つ、魔族である彼女の身体を抱くということは、それこそ元の世界では決して味わうことのできない体験だ。正確に表現するのは難しいが、司が性器を挿入している膣内は、人間とは違う形で肉棒を締め付けつつ、ザラついた壁面が男のペニスに強い刺激をもたらしてくる。

「ふふふっ、同族でセックスするのと比較すれば、非常に低い確率ですが――」

腰をくねらせながら、リエラは言った。

「魔族の女も、人間の子種で孕《はら》むんですよ？　こうやって膣内に射精し続ければ、もしかしたら――……あっ♡　あっ♡　ああああっ♡　んんっ♡」

埒《らち》もない挑発を繰り返すリエラを黙らせるべく、彼女の太ももに手を置いた司は、さらに力強く腰を突き上げた。目を閉じ唇を噛んだリエラは、背中をのけ反らせて断続的な甘イキに震えた。

そしてやがて、司はリエラの膣奥に熱い精液を叩きつけた。

「あっ……ん♡　精子、勢いよく来てます。私の奥に、アキミツさんのが溜まって……。あ、はぁ……♡」

司に生ハメ中出しされたリエラは、乱れた横髪をかき上げると、再び彼に覆いかぶさって舌を突き出した。司がビクンビクンとペニスを脈動させてザーメンを吐き出しているあいだ、彼女は彼と至近距離で目を合わせながら舌を絡ませていた。

「……ところでアキミツさん。私たちの関係は、本当にミホノさんにはお伝えになっていないのですか?」

「ああ。……あいつに知られたら色々と面倒臭そうだろ」

「それだけですか?」

「他にどんな理由があるんだよ」

性欲解消のためのセックスが終わると、司はシーツを身体に巻き付け気怠く横たわるリエラに背を向け、帰るための身支度を整えていた。あれからリエラと何時間も交わった彼だが、ここは彼の家ではない。リエラの休暇と彼の休息日がたまたま被《かぶ》ったので陽《ひ》の高いうちからセックスしていただけで、彼はこれから自分の家に帰るつもりだった。

リエラはそんな彼の背中を、何か言いたげな瞳で見つめつつ、内心にある想いとは別のことを尋ねた。

「……私たちの関係だけでなく、私の正体についても、美穂乃さんには?」

「それは誰にも話さないって【契約】だろ」

「……そうですね、愚問でした」

リエラはベッドの上で身体を起こすと、何か思いつめた表情で、自分の頭に生えた魔族の証である角を撫《な》でた。それから彼女は、ちょうど帰り支度を終えた司に向かって、真剣な声色で言った。

「アキミツさん。……いえ、司さん」

「…………」

「私とあなたの【契約】……忘れないでくださいね」

しばらく間をおいてから、司は「ああ」とだけ答えると、リエラの部屋を出て行った。

第五話　渓谷のリンドブルム

（1）

「あの、アキミツさん……」

その日の謁見の最初から、セラフィナの表情はどこか曇っていた。

セラフィナの家来たちは、いつものようにやたら彼女に辛辣だった。人間である僕に対して見下すようなことを頻繁に言うのも、半分くらいはセラフィナを貶《おとし》めるためにそうしてるんじゃないかと思えた。と言うのも、僕がそういう台詞《せりふ》を投げつけられるたび、セラフィナは非常に申し訳なさそうに眉をひそめていたからだ。

そんな家来たちが謁見の間を退出し、僕と二人きりの時間が訪れたときも、彼女は頭を下げている僕の顔色をうかがうような声を出した。

「……こちらからお呼び立てしてわざわざ来ていただいたのに、すみませんでした」

「お気になさらないでくださいセラフィナ様」

僕は恭《うやうや》しい態度でそう言った。

実際、多少の嫌味くらいなんともない。露骨に罵声を浴びせられたとしても、友好的な笑顔の裏に油断ならない本性を隠し持たれるよりよほどマシだ。

セラフィナは寂しそうに微笑《ほほえ》むと、彼女のほうから僕をここに呼んだ理由を告げた。

「あなたに来ていただいたのは、この前の件のお礼を、改めて直接申し上げたかったからなんです。アキミツさんたちが魔物を退治してくださったおかげで、あれから他の村が被害に遭ったという報告は受けていません。心の底から感謝いたします」

高慢な魔族の領主とは思えない丁寧な言葉遣いだ。

こうしてここで会う回数を重ねるたびに、セラフィナが慈悲深い領主の演技をしているわけじゃなく、心の底からただのお人好《ひとよ》しなんじゃないかという思いが湧く。――でも同時に、決して油断するなという声も聞こえていた。

いずれにしても、僕はセラフィナの前では相変わらず誠実な自由傭兵として振る舞っていた。

実際の僕は、それと正反対のクズみたいな人間であるにも拘《かか》わらず。

「……なのに、あなたの献身に報いる報酬を満足に支払うこともできなくて、領主として申し訳なく思います」

肩幅を縮めて、見た目は本気で申し訳なさそうにセラフィナはそう言った。先日僕は、斡旋《あっせん》所《じょ》を介してセラフィナから報酬を受け取っていた。それはこの前のハイエナ男を倒した見返りである。確かにあれは、領主様の依頼をこなしたにしては少なすぎる金額だった。

「お二人を危険な目に遭わせておいて、本当にすみません。でも、わたし個人の自由になるお金は、いまはあれだけしかなくて……」

世知辛い言い訳をするセラフィナの声は、だんだんと消え入りそうになっていく。尻尾もへたって元気がない。

それにしても、セラフィナ的には志穂乃の薬を作ることは僕への報酬にカウントされていないらしい。そう思っていると、ちょうど彼女の口からその話題が出た。

「そう言えば、その後シホノさんのご容体《ようだい》は？　お伝えした薬の素材は集まりましたか？」

僕が答えないでいると、セラフィナは重々しく「そうですか」とつぶやいた。

当然だが、セラフィナが提示した志穂乃を治療するための薬の素材は、どれも入手難度の高いものばかりだった。しかし、そんなことは初めからある程度承知の上だ。さすがに僕も、それでセラフィナに罠《わな》にかけられたなどとは思わなかった。

一般流通している治療薬《ポーション》や栄養剤でどうにか安定を保っていた志穂乃の病状も、ここ数日思わしくない。タイムリミットは迫っている。そのことをひしひしと感じながら、僕は美穂乃と共に、あらゆる手段を使ってそれらの素材を集めている最中だった。

セラフィナとの謁見を終えた僕は、帰り道の途中で自由傭兵の斡旋所に寄ってリエラに会った。そこであるものを受け取ると改めて家に向かった。

最近顔を合わせることがなかった「彼女」と会ったのは、家付近の路地を歩いていたときのことだ。


「あらアキミツくん。こんにちは」

「ああ、大家さん。どうもこんにちは」

この街で僕の名前を知っている住民は限られている。僕に声をかけたエプロン姿の魔族の女性は、僕が借りている家の大家さんだった。彼女はいつものおっとりした表情で微笑んでいた。

大家さんは手にほうきを持ち、石畳を掃いている最中だった。

僕は彼女の背後にある家を眺めた。ひょっとして彼女はこの家に住んでいるのだろうか。ここは僕らの家の本当にすぐ近所だ。

「ええそうよ。いままで知らなかった？　そう言えば、あなたがあの家を借りたときも、斡旋所さんからの仲介だったものね。ふふっ」

大家さんは、片手を口元にやり、くすくすと笑った。

「アキミツくんみたいな若い男の子は、私みたいなおばさんには興味ないもんね？」

「いや、別にそんなことは……」

「あ、ごめんなさい。困らせるつもりじゃなかったの」

大家さんは、無邪気に舌を出して、僕に謝った。まだ小さいとはいえ娘さんがいるのに、相変わらず、とても若く見える人だった。

「もしかして、お仕事の最中だった？　声をかけて邪魔しちゃったかしら……」

「いえ、もう用は済んで帰るところでしたから。どうかしましたか？」

「うん、あのね……」

大家さんはほうきの柄をモジモジと弄び、僕に何か言いたげだった。わざわざ呼び止めたのもそのためだったのだろう。

しかし家賃ならばこの前三か月分をまとめて納めたばかりだ。――ならば、他に考えられる心当たりは一つしかなかった。

「すみません大家さん。悪気はなかったんですけど、あの家に無断で他の人間を住まわせたのは、やっぱりまずかったですよね」

「あっ、ううん、勘違いしないでね？　もともと家族向けの家だから、大丈夫なのよ？　けどちょっと……アキミツくんは男の子なのに、一緒に住んでるのが女の子たちっていうのが……。ううん、あなたに恋人がいるのは変じゃないよ？　それでも、複数の女の子と一緒っていうのがちょっと……」

「心配しないでください。あの二人はそんなんじゃないですから。ただの昔からの知り合いで、他に住むところが見つかるまで、居候《いそうろう》させてるだけなんですよ」

大家さんの懸念を理解した僕は、シレっとそう言った。

この人が、僕と美穂乃たちについてどんなに不純な関係を妄想していたにせよ、実態のほうが遥《はる》かに爛《ただ》れているはずだ。姉妹の妹のほうの病気を治すために協力することと引き換えに、恋人がいる姉のほうと頻繁にセックスしているなんて、娘を持つこの人に知られたらどれほど軽蔑されるだろうか。

「もちろん家賃が三人分必要なら、これまでの分も支払います」

それで費用が余計にかかるなら、その分は美穂乃から徴収すればいい。

とにかく大家さんは、僕の言葉で安心した様子だった。そんな彼女に対して、僕は一つ頼みたいことがあるのを思い出した。

「それより大家さん、実は……――」

僕が伝えた頼みごとを、彼女は快諾してくれた。

§

「あ……お帰りなさい、秋光くん」

「……ああ、うん」

僕が家に帰りついたとき、美穂乃は台所で料理をしていた。時刻的には夕食の用意だろう。

あれ以来、この家での家事の大部分は美穂乃がするようになっていた。

大家さんに言った通り、ここは僕の家で、美穂乃たちはただの居候だ。そんな美穂乃に「お帰りなさい」と言われるのは、まだ違和感がある。しかし、いちいち指摘するほどのことでもない。それよりも優先すべき話題があった。

「美穂乃、例の件、引き受けてくれる相手が見つかったぞ」

「例のって、私たちが留守のあいだ志穂乃の看病をしてくれる人のこと？」

「そうだよ。……ところでそれ、志穂乃のお粥《かゆ》か？」

「うん。食べられないかもしれないけど、いちおう用意してるの」

「昼はどうだった？」

美穂乃は首を横に振った。僕は「そうか」とだけ答えると、話題を元に戻した。

「僕とお前が遠征に出かけてる最中は、大家さんに志穂乃の看病をしてもらうことにしたよ」

「シルエさんに？」

「……ん？　おい、なんでお前が大家さんの名前——」

「なんで知ってるかって？　だって、このまえ八百屋さんで話しかけられたもん。シルエさん、夕方はいつもミアシェちゃんと一緒にお買い物してるし」

美穂乃は僕が知らないあいだに、大家さんの名前どころか、彼女の娘さんの名前まで知っていた。美穂乃が外に食材の買い出しに行くようになってからまだ数日だが、もともと僕なんかよりずっと社交性の高いこいつは、こうして瞬く間に近所のことを把握していっている。それでさっき、大家さんが美穂乃のことを僕に尋ねた理由がわかった気がした。

この街に来た初期の頃は、魔族をはじめとする人間以外の種族に対して嫌悪と怯えの混じった表情を向けていたくせに、変われば変わるものだ。

「何か言いたいの？」

「いや」

まあ、変に揉め事を起こされるよりは、そっちのほうが僕も都合がいい。

「知ってるなら話が早くて助かるよ。お前だって、大家さんになら志穂乃を任せても安心できるだろ？　どっかのオッサンとかに留守番を頼むよりはさ」

「その憎まれ口は気になるけど……確かにそうね。じゃあ、これであとは……」

「ああ、僕とお前が遠征に出発するだけだ」

夕飯が並べられる前の食卓には、地図が広げられている。この世界の地図に日本語で書き込まれているのは、僕と美穂乃が数日かけて立ててきた遠征計画だ。──僕らはこれから、エイギーユの街から遠く離れた危険地域に出発する。

残る志穂乃の薬の素材を手に入れるために。

§

「美穂乃、目的地までのルートは頭に入ってるよな？」

「地図の内容なら、ちゃんと細かいメモまで覚えたわ。もし途中で秋光くんとはぐれても、木とか石に約束の目印をつけて合流する。――それでいいのよね？」

「水と食料は？」

「持った」

「途中で食料がなくなったら現地調達だからな、覚悟しとけよ」

「ええ。モンスターのお肉を食べることになっても、文句なんか言ったりしない」

「テントと毛布」

「どこも破れてないし、テントの使い方も練習したわ」

「渡した治療薬《ポーション》は本当の非常用だから、ギリギリまで使うなよ」

「うん」

「昨日は良く寝たよな？」

「もちろん」

「あとは――」

「包帯もあるし消毒用の薬草もあるし、縄梯子《なわばしご》もあるし穴掘り用のピッケルもあるし秋光くんのルーンの石も持ってるし、秋光くんが作ったモンスターをおびき寄せるための変な臭《にお》いのお団子も、ちゃんとバッグに入れてきたわ」

「………」

「まだ何か心配？」

二日後の早朝、僕と美穂乃は、遠征用の装備に身を固めて街の門の近くにいた。

僕は荷物でパンパンになったバックパックを背負っていて、美穂乃の足元の地面にも同じようなのが置かれている。元の世界なら、どこのエベレストに登りに行くのかって格好だ。

今回の遠征の目的地は、この街からも見える針の山脈のふもとにある「ギヴァの渓谷」という地域だ。そこは深い森の中に、枝分かれした大小の川が無数に流れているという。そして何よりも、そこは希少な薬草の群生地だった。

僕らは今日になるまで、二人で志穂乃の薬の素材を集めてきた。ときには斡旋所を通じて金を支払い、他の街の自由傭兵に調達依頼を出したりもした。しかしそれでも入手できなかった残りの素材を、そこでまとめて手に入れるつもりだ。

もちろん本当なら、わざわざあんな場所に行くなんてリスクを冒したくはなかった。でも他に方法がない以上は仕方ない。

美穂乃は準備に自信を持っている様子だが、僕は正直まだ不安だった。ひょっとしたら、何か肝心なものを忘れていないだろうか。特に美穂乃は小学校のときの遠足でリュックサックを丸ごと家に置いてきた前科がある。

「改めて念を押すけど、遠征の最中は絶対に僕の命令を聞けよ。あの渓谷は、これまで行った中じゃダントツの危険地帯なんだ。僕らが勝ち目のない魔物も、うじゃうじゃ棲《す》んでる。戦闘は極力避けるぞ。無理だと思ったら引き返すことも考えるからな。そのときになってから指示に逆らうなよ」

「…………」

「なんだよ、不満か？」

「いいえ、秋光くんが決めたことに従うわ」

美穂乃は首を横に振ると、真っ直《す》ぐ僕の目を見つめた。

逃げるのを恥だと考えるプライドなんて、僕には初めからない。でも、美穂乃の性格だと撤退は嫌がるはずだと思ったが、意外にわがままは返ってこなかった。

「もし逃げても、生きてればやり直せるから。――そうでしょ？」

「……僕はお前たちのために死ぬつもりはないってだけだ」

どうも調子が狂う。

だが少なくとも、僕がこいつと結んだ【契約】の終わりは、すぐそこなのかもしれない。

「それより秋光くん、早く出発しないの？　ここから馬車に乗るのよね？　その馬車ってどこにあるの？」

美穂乃はそう言うと首を傾《かし》げた。今回は泊りがけの遠征で、移動による疲労はなるべく軽減したい。だから街道で行ける範囲までは馬車を使うと言ってあった。

「それならもうすぐここに来るはずだ」

僕がそう言ってからしばらくすると、門のところに馬車が来た。ただし馬車と言っても、農家が使うような荷車を、毛の長いバッファローみたいな動物が引いている乗り物だ。ついでに御者はモーラー族、人型のモグラ種族である。

「……何これ」

「馬車だよ」

「これ馬じゃないでしょ。確か馬ってこの世界にもいたわよね？」

「こっちのほうが借りるのにずっと安かったんだ」

「こんなときまでケチケチしないでもいいじゃない！」

「馬鹿言えよ。早く乗るぞ」

「はあ……？」

僕が先に乗り込むと、美穂乃も諦めて荷台に乗った。僕が「出してください」と言うと、モーラー族の御者は、キューというネズミみたいな鳴き声で答え手綱を取った。

次巻予告

「……すぐに走れ。
とにかく走ってここから逃げろ」

志穂乃を救うための薬の材料を集める司と美穂乃は、
セラフィナに教えられた薬草を求め、
危険地帯である「ギヴァの渓谷」へとおもむく。

はじめは牧歌的な表情を見せる渓谷であったが、
しかし危険は確実に二人に迫り――？

司達は無事に治療薬を完成させることができるのか。

ハブられルーン使いの
異世界冒険譚
2

2024年春発売予定！

※発売予定は変更になる場合があります。

あとがき

このたびは『ハブられルーン使いの異世界冒険譚』を手に取っていただきありがとうございます。私は作者の黄金の黒山羊と申します。

私について既にご存じだった方もいらっしゃるかもしれませんが、私はこの作品の他にも、まあこういう感じの大人向け小説を書いております。インターネットで探していただければすぐ見つかると思いますので、今後もごひいきにしていただけますと幸いです。

ところで突然ですが、私は常々不満に思っていることがありました。

それは、世の中には面白いコミック、アニメ、ライトノベル等が溢れているのに、メジャーな作品ほど、主人公とヒロインが結ばれたとしても濡れ場を省きがちであるということです。

有名なあの作品やあの作品を思い出してください。ハラハラドキドキの展開のあと、主人公とヒロインが○○しているシーンを何ページにもわたって濃厚に描くということはまず行われません。それどころか、大人向けと銘打っている作品でも、ストーリーパートがシリアスであればあるほど、エロパートがおざなりになっている例が多い。やむを得ない話なのかもしれませんが、私はそれが悲しかった。無性に悲しくてならなかったのです。

だからこの作品を書きました。

同じような悲しみを抱えた人々のために。

めっちゃ面白く、同時にめっちゃエロいストーリーを創るために。

ただでさえエロが無くても面白い作品にドッッッッッッッスケべなシーンが有ったら嬉しいに決まってるやんけ、鬼に金棒やんけ、と。逆にエロ目的で買った小説がファンタジーとしてもめちゃくちゃ面白かったら最強やんけ、と。

それを成し遂げるには、私は余りにも微力かもしれない。しかし、それでも。

冗談めかして書いていますが、私はかなり大まじめです。


この作品が世に出るにあたり、キャラクターに命を吹き込んでくださったイラストレーターの菊池先生、出版の話を持ちかけてくださった編集のKさんには非常に感謝しております。その他にも、日頃から私を応援してくださる皆様方に、この場を借り改めて厚くお礼申し上げます。本当に、ありがとうございます。

不肖な黒山羊ですが、この物語がますますエロく面白くなるよう、たゆまぬ精進を続けてまいります。ですのでどうか、どうか今後ともよろしくお願いいたします。

ファンレター、作品のご感想をお待ちしています!

【宛先】
〒104-0041
東京都中央区新富1-3-7　ヨドコウビル
株式会社マイクロマガジン社
GCN文庫編集部

黄金の黒山羊先生 係
菊池政治先生 係

本書はWEBに掲載されていた物語を、加筆修正のうえ文庫化したものです。
この物語はフィクションであり、実在の人物、団体、地名などとは一切関係ありません。

GCN文庫

ハブられルーン使《つか》いの異世界冒険譚《いせかいぼうけんたん》

2023年12月25日　初版発行

著者　黄金《おうごん》の黒山羊《くろやぎ》
イラスト　菊池政治《きくちせいじ》

発行人　子安喜美子

装丁　森昌史
DTP／校閲　株式会社鷗来堂

印刷所　株式会社エデュプレス

発行　株式会社マイクロマガジン社
〒104-0041　東京都中央区新富1-3-7　ヨドコウビル
［販売部］TEL 03-3206-1641／FAX 03-3551-1208
［編集部］TEL 03-3551-9563／FAX 03-3551-9565
https://micromagazine.co.jp/

ISBN978-4-86716-508-9 C0193

GCN文庫

毎日家に来るギャルが距離感ゼロでも優しくない

問題児ギャルのダイエットに
巻き込まれたらどうなる――?

カースト最上位ギャルの不破満天のダイエットを手助けすることになった宇津木太一。正反対の二人だが少しずつ……っていきなり距離感バグってない!?

らいと　イラスト：柚月ひむか

■文庫判／①～②好評発売中